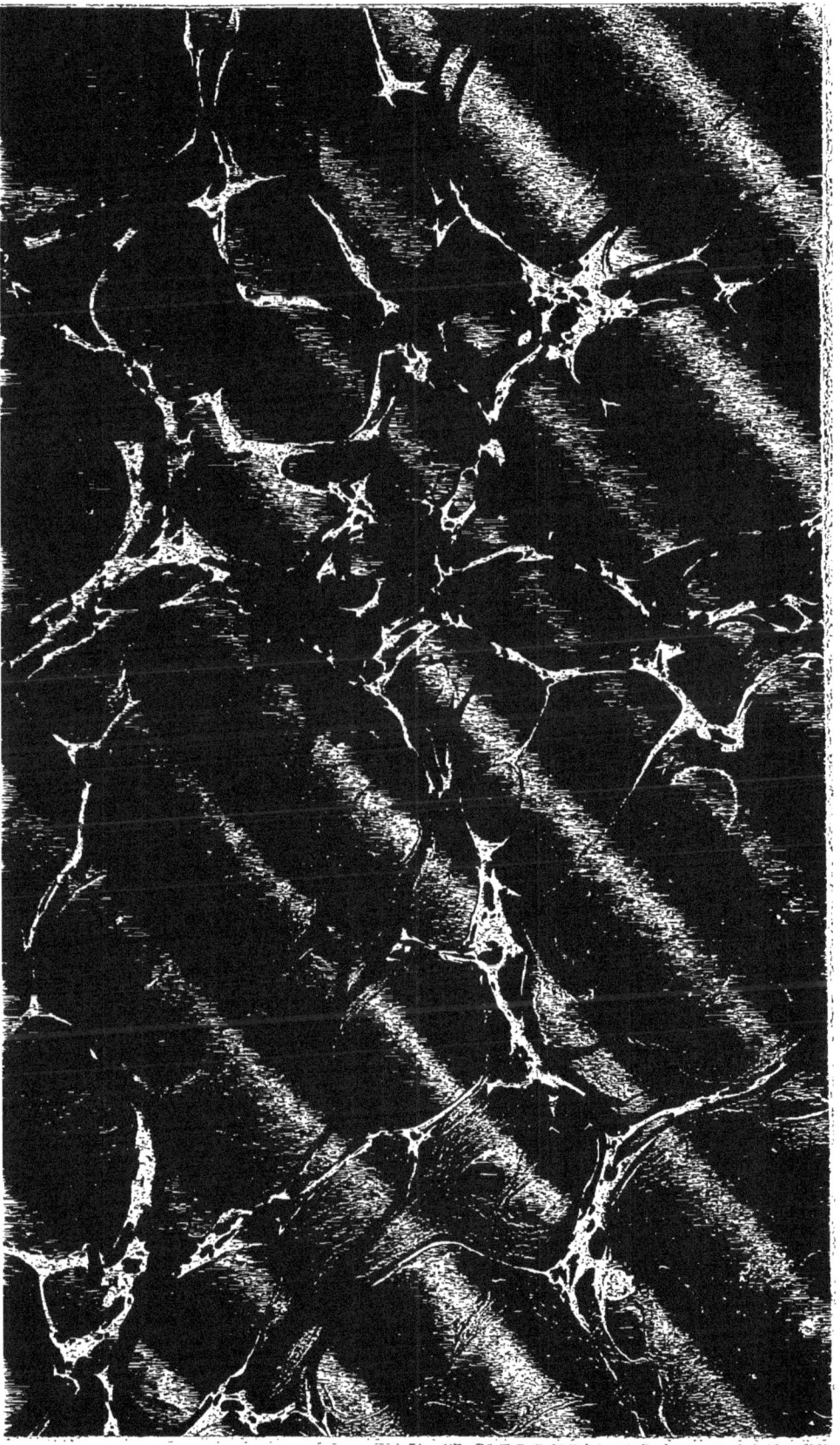

LETTRES

DE FEMMES

1931-81. — CORBEIL, Typ. et Stér. CRÉTÉ.

LETTRES

DE FEMMES

PAR

Mᵐᵉ ALIX D'ARTIGUES

.

———

PARIS

G. CHARPENTIER, ÉDITEUR

13, RUE DE GRENELLE-SAINT-GERMAIN, 13

—

1881

LETTRES DE FEMMES

Le Pierreux, 2 juillet 1880.

Berthe de Chartrois à Ursule Leblanc.

On t'affirmera que je suis heureuse.... Et comment ne pas me plaindre cependant, alors que de plus en plus se fait en moi le vide !...

Nous avons couru l'Italie tous les deux, accolés l'un à l'autre ainsi que deux branches d'un même arbre, j'ai passé des nuits entières dans ses bras, l'esprit et l'œil en extase, mes sens ont rencontré l'absolu de la jouissance ...

et, pareille à la mère antique éternellement pleurante, je gémis sur ma jeunesse, Ursule, comme sur un fruit de mes entrailles aussitôt mort que né !

Mon cœur se consume à froid, la proie qu'il cherche, qu'il attend, le dévorera peut-être ?... N'importe, il la veut, il l'aura, dussé-je.... Enfin, je ne me suis pas mariée pour clore le livre de ma vie au premier chapitre !

Suis-je donc un instrument d'amour, après tout ?... Pourquoi ne m'a-t-on pas prévenue qu'une fois la noce faite, la lune de miel éteinte, nous allions, mon mari et moi forcément, prendre le trot de tous les mariés que je connais ?

Lune de miel !.. Ce mot m'indigne ; cette façon d'étiquette apposée par la banalité sur les premiers transports d'un couple légitime blesse mes pudeurs secrètes, bouleverse tous mes instincts. — Ainsi, toutes y passent !..

chacune à son tour, et comme les moutons à tondre! Toi! Moi! Elles!.. Toutes, te dis-je. L'astre est plus ou moins chaud, il brille plus ou moins longtemps sur le ciel des unions assorties, mais il est... parce qu'il faut qu'il soit.

Quelle dérision! quel sacrilège! Ainsi, tous mes beaux souvenirs d'Italie, le faisceau brûlant de mes joies, les premiers balbutiements de mon être de femme, n'ont qu'un seul et même nom profané par la vulgarité satisfaite: « *lune de miel!* »... Quelle infamie!

Chez nous, parmi les gens de même bord, de même *club*, allais-je écrire, bien que je n'aie pas envie de rire, l'amour en ménage a six mois de vie, jamais plus; c'est un principe, c'est une règle.

Voyons, ma chère Ursule, te voilà mariée depuis trois ans, tu m'as précédée d'une année, que fais-tu? Que deviens-tu ? T'es-tu résignée ou soumise?.. Tu sens, n'est-ce pas, qu'il faut que je me voie un peu perdue pour aller te rechercher si loin. Nous suivons des routes opposées, nos familles sont à des échelons différents de l'échelle sociale, mais au fond, en amour, les diversités de castes n'existent point ; l'amour est le même pour tous!... Réponds, ma grande amie, réponds à celle que tu as tant aimée, dont l'oubli n'est qu'apparent, à celle que la solitude meurtrit, que le convenu de son monde affolle, que personne ne comprend, ne daigne écouter.

Et tu me répondras, quand tu sauras que *lui*, tout le premier, me laisse incomprise et seule!...

A toi, toute à toi.

BERTHE DE CHARTROIS

Ursule Leblanc à Berthe de Chartrois

C'est à Saint-Germain, chère amie, que je reçois ta lettre, qui m'a cherchée un peu partout, et m'arrive couverte de poussière, souillée de taches, toute noire d'adresses raturées.

Te dire ma stupéfaction à la vue de tes pattes d'araignée est chose difficile. J'ai poussé des oh! des ah! à faire trembler mon plancher; c'est au point que Pierre, qui *te m'avait* apportée précieusement serrée dans le gousset de son gilet (côté du cœur, ma chère, juge un peu!) n'en riait que médiocrement; il est despote mon chéri.

1.

Finalement, j'ai dû te présenter à lui sous forme de pli décacheté. Mais, parlons net, et surtout, ma mie, parlons vrai ; d'autant mieux que mon petit Robert braille à tue-tête, que son train me presse, et que je n'ai qu'une demi-heure à te donner.

Tu me demandes ce que je fais, ce que je deviens, si je suis résignée ou soumise. Qu'est-ce que tout ce pathos, mon chou ? Entre nous, je ne parle pas trop le langage de ces questions-là. Résignée, ma Berthe ?... Soumise ?... Ah ! que non pas !

Heureuse, ma mignonne aimée, heureuse et chérie à la fois, voilà mon lot, que je te souhaite. J'adore mon Pierre, il me le rend, nous aimons le petit comme deux bêtes, chacun de nous n'a qu'une envie : vivre selon le désir de l'autre. C'est une volonté tendre et mutuelle qui tend notre lien, qui le serre. Ah ! que parles-tu de lune de miel ! Ma lune le miel, à moi, dure toujours ; ou plutôt je n'en ai pas eu, si l'on nomme ainsi une période écourtée du bonheur.

Crois-moi, ce fut bien plutôt un soleil éclatant qu'un astre froid et douceâtre, qui se leva sur moi quand je conquis mon cher époux, quand fièrement, après tant de batailles livrées pour l'obtenir, je rentrai chez *nous* à son bras !... Il faut être fille de parvenus, savoir ce qui s'amasse d'ambitions et de convoitises derrière un comptoir de marchand drapier pour comprendre les entêtements iniques, les entreprises ridicules du légitimisme aux abois.

Mes père et mère, tu le sais, furent légitimistes, ce qui explique mon entrée au couvent des Oiseaux, à l'âge heureux de sept ans ; et, maintenant encore, malgré mon mariage, malgré l'influence que M. Leblanc a su prendre sur eux, je ne jurerais pas que de temps à autre le nom de l'hôte de Frosh-dorf ne revient pas dans leurs prières ! Habitude de bon ton, ma chère, que veux-tu ?

Si tu savais comme j'aime mon mari bien-aimé ! Il est si digne, si droit, si pur ! Il m'a voulue sans dot, le savais-tu ?

Allons bon, voilà Robert qui repleure ! Je te dis qu'avec les enfants on n'a pas un moment à soi.

Au revoir, ma petite Berthe, je te remercie de ta bonne pensée ; pourtant ta lettre m'attriste. Ton pauvre cœur souffre, je vois cela ; mais, entre nous, de quoi souffre-t-il ? Je ne le comprends pas bien, Pierre non plus. Précise mieux dans ta *prochaine*. Au revoir, au revoir, ce petit crie comme un sourd. Je t'embrasse à la hâte et de tout mon cœur.

Ta bonne amie,

URSULE LEBLANC.

Le Pierreux, 12 juillet.

Berthe de Chartrois à Ursule Leblanc.

J'eusse préféré le silence aux lignes que vous m'adressez. M. Leblanc est bien bon de vouloir s'occuper de moi, je l'en dispense absolument.

J'ai cru pouvoir compter sur votre discrétion, ma chère; et, franchement, je ne pensais pas m'embourgeoiser à ce point de me confier au mari, par cela seul que je me confiais à sa femme.

J'estime votre communauté, mais je la borne au cachet de mes lettres.

Mon élan vers vous fut absurde ; en somme, tous les torts sont de mon côté ; recevez mes excuses très humbles et, quoi qu'il arrive, comptez sur mes bons sentiments.

BERTHE DE CHARTROIS.

Saint-Germain, 14 juillet.

Ursule Leblanc à Berthe de Chartrois.

Es-tu assez enfant, hein, l'es-tu ?.... Voilà que tu me dis *vous* ! Va, tu veux me blesser, tu m'amuses ; juge un peu de l'effet produit !

Et, d'abord, tu sauras que chez nous la communauté soulève le cachet des lettres ; si ta perspicacité se trouve en défaut pour ceci, je te plains ; c'est qu'en réalité mon amie, tu es mal mariée.

Mais, puisque tu me domines tant, et que nous sommes de si piètres bourgeois, pourquoi me reviens-tu chercher ?.... après trois ans d'oubli? Ma simplicité a du bon, ma roture, ses avantages : je suis heureuse, tu ne l'es pas !

Ton histoire, je la connais, elle est vieille comme ton monde ; et l'orgueil, voilà la lèpre qui vous ronge, ton mari et toi. Pour ne pas rompre d'une semelle, ne pas céder d'un iota, vous brisez élégamment votre vie, c'est la mode dans votre monde !.... Bon Dieu ! quelle noblesse est-ce cela ?

Sérieusement, que gagnerez-vous à ce jeu cruel ? Expliquez-vous une bonne fois, cela peut être fort mauvais genre, mais c'est le moyen, pour vous deux, de ne pas tirer en sens contraire du bonheur le chariot pesant du ménage. Et toi, parce que tu as commencé le festin de l'amour par l'entremets, sache à présent te contenter d'une nourriture plus saine, et plus résistante aussi.

Ton mari ne t'aime pas, parce qu'il ne t'adore plus ?....

Fadaises ! Ton mari a la crampe, proba-
blement, pour s'être tenu trop longtemps en
équilibre sur la corde raide du sentiment.
Permets-lui de poser le pied à terre bien à plat,
bien franchement, et tu m'en diras des nouvelles ! — Manger à tout bout de champ, sans
mesure et sans règle, mais c'est de la glouton-
nerie cela ! Sois gourmette, jamais gloutonne !

Forçats d'un passé de sottises, que vous
serez bien avancés lorsque votre désunion
sera complète ?.... Pauvre minorité éperdue,
vous voilà bien flottante et désemparée, dans
la famille comme dans l'État !

Ce que je t'écris là, d'ailleurs, n'est qu'une
redite, un emprunt que je fais à Pierre. D'humeur calme, de sang tiède, je n'ai pas tant
d'haleine. Avec ou sans longue haleine pourtant, je comprends tes besoins, je sens
tout ce qui t'est dû de légitime ; et, pour
ne pas être aussi brûlante , aussi envolée

2

que toi, je n'en reste pas moins ton amie.

Laissons de côté, pour n'y plus revenir, ta petite échappée vaniteuse ; retournons à notre ton du couvent, à notre bonne amitié d'enfance. Et, d'abord, je te pose la question nettement. De quoi souffres-tu ? L'amour a-t-il vraiment déserté ton toit ? Est-ce sa fuite seule qui te désole ?.... Ne l'as-tu pas un peu lassé ?.... trop bien nourri, je le répète ?.... L'amour est un gamin subtil qu'il faut mener avec mesure. Et tu l'as rassasié dès le début ! ou plutôt, moderne Psyché, tu auras voulu dévisager le dieu.

Enfin, gageons que vous ne faites rien, ton mari et toi ?.... vous êtes oisifs, c'est un grand tort.

Vois, moi ; je n'ai pas été à Naples, je passe à Paris mes huit mois de l'année, et je viens à Saint-Germain tout bêtement, depuis trois ans, durant les jours chauds de l'été.

Eh bien, ma vie connaît peu le souci : quoique simple, elle est toute remplie. — Pierre
s'en va le matin par le train de huit heures,
je l'accompagne au petit pas, et je m'en reviens tranquille à la maison, son cher visage
dans le cœur, l'écho de son dernier mot dans
l'oreille. Il n'est pas un moment du jour où je ne
m'évertue à bien faire, pour hausser mon labeur au sien. Tu t'écrieras à ceci : Quelle prose !

De la prose ? oh ! que non pas. Mon bonheur est un grand poète ; le plus robuste, le
plus sain ! — tiens :

Notre maison est bâtie sur un entasse-
ment de cailloux ; la vue qu'on a de ses fenêtres est d'une étendue merveilleuse. Le
cours de la Seine à nos pieds, çà et là des
bois, par masses bleues tout doucettement
échelonnées ; le mont Valérien dans la brume,
des toits rouges, des maisons blanches, semés
un peu partout parmi les amas de verdure,

un grand aqueduc tout en haut, qui domine
la vallée et vous reporte vers les temps anti-
ques, vers des paysages disparus!.... Puis,
ce sont des ponts, véritables bijoux de fer ou
de pierre, au-dessus desquels tourbillonne la
fumée des trains en empanachant le ciel, des
lointains qu'un rien illumine, des aspects
sombres, d'autres riants, où le regard fouille,
qu'il questionne... J'aime, le soir, à m'at-
tarder sur le petit balcon en saillie de notre
maison... L'air est doux, la lune se lève, Pierre
et moi nous causons le front dans l'espace...
Derrière nous, l'enfant, bercé par sa *nounou*
qui chante, s'endort dans la chambre où les
parfums montés d'en bas se mêlent à l'ombre
croissante... Chacun a rempli sa journée, la
tâche est faite ; on est bien un peu fatigué,
mais qu'importe !.... le lit est là-bas, qui
blanchit sous les rideaux de perse ; le lit,
temple, autel, à la fois !

Que si tu nous croyais sauvages, tu commettrais une grave erreur. Sociables ? nous le sommes tous deux, à des degrés différents. Je ne déteste pas la danse, lui aime les discussions infinies. Pas de pompeuses relations, sans doute, mais des amis, et les amis de nos amis. Chez nous, comme chez vous, on a le culte des origines ; seulement à l'endroit du bon sens ! Je parie que tu prendrais plaisir à nos réunions du jeudi, où s'agitent tant de questions nouvelles, où le cœur a de grands coups d'aile, l'esprit de vastes élans. J'écoute alors, et je m'instruis. Que n'es-tu là, ma petite Berthe ! Que n'es-tu Française comme nous !

A bientôt, je t'embrasse deux fois. Pierre te salue.

URSULE LEBLANC.

P. S. Écris-moi carrément ce *qui est*, sans pathos et sans faux-fuyants.

2.

Le Pierreux, 20 juillet.

Berthe de Chartrois à Ursule Leblanc.

Ces choses-là ne s'expliquent pas, ma chère, elles se devinent. La belle avance quand je t'aurai prouvé noir sur blanc que M. de Chartrois me délaisse !

Ce dont je souffre est complexe, et tu me parais bien peu disposée à l'entendre, puisque, me sentant malheureuse, tu ne trouves d'autre remède à mon mal que l'étalage de ton bonheur ! Eh ! ma chère, il faut que je t'aime fort pour recommencer à t'écrire. Une fois pour toutes, d'abord, sache, ma belle, qu'on ne traite pas la faim par la vue ; que les appétits féminins diffèrent et que, si tu digères aisément un pain de munition, je me déclare, moi, incapable d'y porter la dent.

Et puis, ton savoir m'épouvante. Pour être heureuse, alors, il faut habiter Saint-Germain, se dépouiller de tout far-niente, de tout luxe ?... Je préfère ma désolation.

M. Leblanc travaille ! Voilà le grand mot lâché. Celui qui doit absolument nous confondre, nous, les survivants des vieilles *couches*. — Mais, chère crème de démocratie, chère fleur d'égalité laborieuse, quelle rage a-t-on dans ton camp de vouloir ériger le monde en atelier ?...

N'est-il pas de plus noble passe-temps pour une femme, qu'une besogne routinière ou manuelle ? Un amour tel que le mien, ses épanchements quotidiens, ses délicatesses excessives, son charme soutenu, j'ose le dire, ne peuvent-ils entrer en balance avec le rude poids de tes *tâches*?? — Ton mari gagne votre vie, fort bien ! Il amasse pour l'avenir, fort beau ! Tu mènes haut la main son ménage, fort bon ! Je t'admire, mais après ?... M. de Chartrois eut son pain cuit dès le berceau, doit-il conduire lui-même ses charrues, suer en un jour *toute sa sueur*, dans le but louable j'en conviens, de rendre sa femme heureuse?... Tu me procures une franche gaieté. Je me vois mesurant la bougie, pesant le bœuf, comptant le sucre, battant les œufs, remuant poêlons et casseroles... Je t'assure que c'est du délire, et que monsieur mon maître d'hôtel n'est pas près de me céder son tour.

Parlons sérieusement, ou ne nous parlons plus.

Crois bien que jusqu'ici je n'ai rien à t'envier ; ce qui te contente ne me suffirait pas.

Des marmots?... Ma foi non ! Toujours criant, toujours malpropres, les pareils à ton Robert commencent par faner la beauté de leur mère, pour ensuite mettre père et mère au supplice ; merci de ce plaisir !

Ce que je pleure, moi, ce qui me manque, mes aspirations, mes besoins ?... Mais à quoi bon te les avouer, tu ne me les pardonnerais pas.

Je m'en retourne à ma solitude ; cette échappée dans ton sein me laisse plus découragée, plus lasse...

Si tu veux pourtant connaître la monotonie écœurante d'une de mes journées, écoute alors et comprends-moi !

M. de Chartrois s'est levé hier avec l'aube, c'est un chasseur déterminé ; l'un de mes torts est de ne pas le suivre à travers bois. De ma chambre, située juste au-dessous de la sienne, j'entends ses allées et venues : le parquet qui tremble sous le poids de ses hautes bottes, la porte qui bat en se fermant, l'escalier qui gémit, et les chiens qui se battent en bas, le piqueur qui les fouaille !... C'est un vacarme à tout casser.

Je me tourne, me retourne entre mes draps ; finalement, le nez dans la ruelle, je me rendors jusqu'à neuf heures. A dix heures et demie, je me fais annoncer chez ma mère.

Règle générale, maman retour de la messe, est d'une humeur massacrante ; elle a communié le matin et parcouru ses trois journaux : *l'Univers*, *l'Union*, *la Gazette de France*. Mais la chair et le sang du Sauveur, pas plus que cette lecture, ne lui sont pâture bienfaisante ; une aigreur courroucée anime ses remarques ; il paraît que ma mauvaise tenue est notoire, ma maussaderie conjugale ridicule (un charitable prochain l'affirme), enfin, je m'habille ainsi qu'une folle... Et ma mère m'aime ! Que serait-ce donc, je te le demande, si elle ne m'aimait pas ?

Vers midi, le tableau change, nous descendons pour déjeuner, mon époux se montre ; je peux l'envisager sans bottes fortes, sans melon de velours, sans poire à poudre, sans chiens, sans fouet, sans carnier.

Le premier plat d'œufs expédié, qu'il y ait ou non des invités au Pierreux, la discussion s'engage. Or, je me suis souvent posé cette question, à savoir : pourquoi tous ces gens-là discutent, puisqu'ils sont tous du même avis ?

Lequel avis est celui-ci : qu'il faut pendre les trois quarts de la France au profit de l'autre quart.

M. de Trancy, mon oncle, qu'on vient d'élire député, s'essaye à table aux luttes prochaines de la Chambre, que je soupçonne qu'il esquivera fort souvent. « La Républi-

que, gronde mon oncle, est le renversement
de tout ; son gouvernement porte atteinte à
la liberté individuelle ! etc., etc. » Franchement, il n'en est guère la preuve, le cher oncle, car c'est à voix haute et impunément
qu'il le rabroue, ce même gouvernement
d'intrus.

— Ah ! la République ! gémit ma mère.

— La République ! réplique sourdement
mon mari, qui serre les dents comme si on
la lui donnait à manger.

Et, de sa part à lui, ce manège est hypocrisie, une manière de gagner maman à sa
cause ; entre nous, M. de Chartrois (il me l'a
dit souvent) se soucie de politique autant
qu'un poisson d'une pomme.

Enfin, tous les effets ici n'ont qu'une seule
et unique cause : la République !... Cependant, il est absolument nécessaire que ces
effets soient funestes.

Si mon oncle avale de travers, si maman s'étrangle en buvant, si Pitois manque l'entremet, si Blaiseau casse une assiette, si, plus grave !... M. de Chartrois se mord la langue, tout cela, mon amie, tout cela ?... c'est la faute à la République !

Pas n'est besoin de t'affirmer je pense, que je la hais, ta République. Mais, au fond, si elle n'a jamais que mes parents pour la détruire, ah ! bien, elle peut vivre tranquille !

Ce qu'ils veulent mettre à sa place a bon air, mon Dieu, je ne dis pas ; mais c'est tellement rebattu, si rengaîne, cela tient si peu sur les jambes, qu'on ferait mieux d'y renoncer une bonne fois pour toutes, et de chercher autre chose.

La politique m'assomme, ma chère, je m'en désintéresse complètement ; et, si c'est là ne pas se montrer Française, prends ma tête, jacobine, je ne suis positivement pas

Française ! — Au dîner, notre curé renforce le débat, avec une petite voix de tête qui me donne sur les nerfs ; d'autant plus que le saint homme, dans son exaltation qui déborde, appelle le martyre à grands cris, la mort par les lions, dans l'arène, comme au bon temps d'autrefois, comme à Rome, au grand soleil de l'Italie !... Celui de France pourrait suffire ?... Je l'ai bien insinué une fois, mais, ma chère, quel incident ! Mon oncle a failli m'avaler, ma mère m'a lancé un regard foudroyant ; mon mari pensait à autre chose, cela m'a allégée de son blâme.

Au milieu de tout ce monde en démence, est un cousin de M. de Chartrois, garçon sensé et plein de cœur ; le seul, avec moi, qui ne batte pas jusqu'à présent la campagne à la suite de nos *gens d'État*. Mon mari prétend qu'il se réserve, et attend une décision du ministre, quant à un poste diplomatique, pour se prononcer. — Le fait est qu'il m'a paru entre le zist et le zest... Mais je ne le connais qu'imparfaitement, et cela m'est tellement égal ! — Et puis, comme il s'occupe fort de moi, c'est une raison pour mon mari de le railler ; d'ailleurs, M. de Chartrois rit de tout. Toujours est-il qu'on le nomme Georges d'Os-sault, qu'il tient aux Luxembourg par les femmes, aux Mortemart par les hommes. Nous sommes de grands amis tous les deux, et, bien que le vicomte soit venu pour la première fois au Pierreux, cette année, je lui suis fort redevable, il m'a rendu de grands soins. Malheureusement, son temps est très pris ; par sa mère d'abord, par son écurie de courses ensuite, qui est célèbre !... Et le vi-comte soigne ses relations de l'étranger. Tous les étés, il voyage ; mais il m'a bien promis une seconde visite au Pierreux à son retour d'Allemagne. C'est quelqu'un du moins celui-là ! Il a tout lu, ma chère, c'est inouï.

Au revoir, mille tendres baisers.

Veux-tu que je te conte un secret ?

Notre correspondance m'enchante, et, lorsque je t'écris, j'éprouve une jouissance ; il me semble que je croque un quartier du fruit défendu. Époux Leblanc, vous me plaisez !

A tous les deux, mes chers amis,

Votre BERTHE DE CHARTROIS.

Saint-Germain, 23 juillet.

Ursule Leblanc à Berthe de Chartrois.

Te croire serait t'amoindrir : tu es Française et tu adores les enfants. Tire-toi de là comme tu pourras ! — Veux-tu savoir ce que tu reproches à M. de Chartrois ? De ne t'avoir pas fait un baby ! — c'est-à-dire que mon petit Robert te jetterait en de folles extases.

Tu m'envies mon fruit, beau *renard*; et, par bonheur, tu ne peux pas t'écrier comme le fin matois de la fable : « Il est trop vert ». Mon fils est frais comme une rose!

Ah ! je pèse le sucre, je mesure la bougie,

3.

je fais sauter mes casseroles sur le feu?...
Qui t'a dit cela, mon bel ange?

Je proteste énergiquement, marquise, contre vos insinuations culinaires ; ma tâche est
plus haute, plus noble, mais je ne te la dirai
pas. Tu voudrais bien la connaître, et jusque
dans ses moindres détails?... Ton dépit
la calomnie, tu inventes?... Ton châtiment
sera de chercher !

Et maintenant, Messieurs les artilleurs, à
vos pièces ! Ursule Leblanc entre en matière
avec la légèreté d'un boulet de canon.

Qu'est-ce, je vous prie, que ce monsieur,
ce petit cousin de ton mari, croisé de Mortemart, mâtiné de Luxembourg?... Hein?...
M. Leblanc se le demande ; moi, je te pose
la question.

Voyons, est-ce un soupirant? un danseur
de l'hiver dernier resté le pied en l'air devant
toi?... un bonhomme que l'été surchauffe,

et qui joue à *la saint-Lambert* avec M. de Chartrois?

Entre nous, tu lui décernes un drôle de signalement à ce quidam, qui voyage pour soigner ses relations! « Il a *tout lu.* » Tout quoi, d'abord? Gageons qu'il ne sait rien de rien, qu'il confond Littré et Linné!

Pierre est impartial, n'est-ce pas, tu me l'accorderas, j'espère? Eh bien, à ce phéno-mène-là, il préfère tout crûment ton mari. Eh! mon Dieu, oui, ton mari; à ce propos, le crime n'est pas grand, selon nous, d'aimer la chasse et de se lever trop tôt. Tu me fais l'effet de le maltraiter fort, ton pauvre mari. Si tu le tenais au chaud, à côté de toi, dans ton lit, il ne se lèverait pas à l'aube. J'ai l'expérience des hommes, ma chère (des maris, veux-je dire), la chambre commune, tout est là.

Faire deux chambres, c'est la fin de tout!

Cependant, ton abstention politique nous plaît ; pas pour trop longtemps, on espère bien te convertir.

Mais il n'y a pas à dire, tu es de belle prise. Tenir tes gens pour des crétins, c'est un fort beau commencement, cela. Et, n'était ton petit vicomte, je t'embrasserais à pleins bras, malgré tes impertinences. Ah ! il faut avouer que tu n'es pas polie... Pierre me le disait encore hier : « Elle est diablement mal élevée, ton amie ! »

Ah ! çà, veux-tu m'expliquer comment il se fait que, belle à croquer, pleine d'esprit, tournée comme Flore ou Vénus, vraie chatte enfin, remplie de grâces et de défauts, tu ne trouves pas le moyen de retenir M. de Chartrois ?

Une phrase de ta lettre me taquine, m'obsède : « *c'est pure hypocrisie de sa part, une manière de gagner maman à sa cause.* » Quelle cause ?... Celle de ton mari n'est donc pas la tienne? — Enfin, dans le monde où il est né, les femmes sur ton moule sont le supercoquentieux... Le marquis est de taille à tenir tête à tes caprices, je lui crois un rude appétit : grand chasseur, grand mangeur, cela va de soi ! Comment se fait-il que ton feu manque de bois?? Dis-le moi demain, cela m'intrigue outre mesure.

Au revoir, chérie, sois bien sage, je t'envoie ma bénédiction.

A propos, quand donc revient-il, ton vicomte?

Pierre te salue, je t'embrasse.

URSULE LEBLANC.

Le Pierreux, 26 juillet.

Berthe de Chartrois à Ursule Leblanc

Il revient ce mois-ci, ma toute belle, et je m'en réjouis, ne t'en déplaise. Nous allons reprendre ensemble nos promenades à bâtons rompus, nos causeries à perte de vue. Que veux-tu, Georges est ma seule distraction en ce château vieillot de ma docte famille; distraction fugitive, hélas! interrompue par de brusques départs... Mais... à quoi bon continuer avec toi sur ce ton de raillerie!

Mon Ursule, je t'ai trompée; je ne t'ai montré qu'une surface... Plutôt te faire toucher le fond!

Si j'hésite à te confier mes angoisses, mon désespoir, mon abandon, c'est qu'à tes côtés il y a ton mari. Et, quelle que soit mon estime pour lui, tu dois comprendre les réserves de ma fierté, mes pudeurs de femme après tout.

Lorsque, pour la première fois, je pris la plume, j'y fus amenée par l'effarement d'une grande douleur à tous moments renouvelée. J'ai voulu commencer par tâter le terrain de ton ménage avant de m'y aventurer. Aujourd'hui que mon pied y est fait, plus que jamais j'éprouve le besoin de tout te dire.

— Cependant, chère amie, il est des choses que je ne peux confier qu'à toi seule, à toi la compagne chérie de mon enfance, « ma petite mère », comme nous disions au couvent, à toi dont le cœur et l'esprit reçurent même semence que les miens, à toi femme, enfin, c'est-à-dire ma semblable.

Que je puisse compter sur ta discrétion
absolue, et tu sauras tout... tout ce qui me
ronge, tout ce qui m'appelle... Mais, tu
m'as comprise, n'est-ce pas ? Ou tu me feras
le sacrifice de ta confiance conjugale, ou tu
ne me le feras pas. Dans le premier cas,
merci mon amie, merci. Dans le second...
Eh bien, soit !

Au revoir ou adieu.

TA BERTHE.

Saint-Germain, 27 juillet (minuit).

Ursule Leblanc à Berhe de Chartrois.

J'ai lu ta lettre à Pierre, il apprécie ta re-
tenue, c'est lui-même qui te promet ma discrétion.

Parle donc, ma chérie, parle vite, car je
suis plus morte que vive.

A toi du meilleur de mon âme.

URSULE LEBLANC.

4

Berthe à Ursule.

Je suis mariée depuis environ deux ans,
n'est-ce pas?... eh bien, c'est il y a un an,
à pareille époque, que cela se passa. Ce fut
un soir, après le thé.

Partis à travers bois dès le matin, j'avais
suivi leur chasse en voiture, étant tombée de
cheval la veille pour avoir voulu les pour-
suivre.

Elle gaie, radieuse, éhontée selon sa cou-
tume, prenait le frais sur la grande terrasse,
coude à coude avec mon mari.

Voyant cela, résolue à me contraindre par un sentiment d'orgueil facile à comprendre, je remontai chez moi, le thé pris.

Ah ! mon amie, que j'ai souffert ce soir-là ! Tu avais raison dans ton avant-dernière lettre, je te jalouse, je t'envie !... Pour un Pierre, pour un petit Robert, je donnerais de bon cœur vingt années de ma pauvre vie, j'accepterais la vieillesse tout de suite.

Les chambres à coucher, au Pierreux, donnent toutes sur la terrasse qui entoure le château, elles ont la vue sur le parc. J'étais brisée par une journée de fatigue, j'avais l'esprit surexcité par un soupçon très complexe, car, soit calcul, soit caprice vicieux, cette redoutable femme me faisait la cour depuis l'hiver, autant qu'à monsieur de Chartrois.

J'allais sonner ma femme de chambre, quand un chuchottement au-dessous de moi monta jusqu'à mes persiennes fermées. Je m'élançai à la fenêtre en reconnaissant l'accent de Jacques !... C'est ainsi que je l'appelais alors ; depuis ce temps, il n'est plus que monsieur de Chartrois.

Les voix, d'abord basses, s'élevèrent peu à peu, j'entendis de petits rires convulsifs, coupés par de brusques silences.

Tout à coup l'une des deux voix, un peu rauque, quoique celle d'une femme, dit nettement :

— Cette nuit, je veux bien ! Mais, à partir d'aujourd'hui, vous savez mes conditions ?...

— Ah ! çà vous pensez que j'y tiens !... Si vous croyez que cela m'amuse !

— Que cela vous amuse ou non, reprit l'autre voix, cela ne me regarde pas ; l'important est que vous acceptiez mes conditions. Choisissez entre Berthe et moi !

— C'est difficile, pour ne pas dire impossible ; songez donc...

— Arrangez-vous, mon cher, sans cela, rien ; pas cela !

Son ongle claqua sur ses dents, des dents longues et pas trop blanches.

— Comment faire? Ah ! vous êtes une femme terrible !

Un grand silence succéda à cette exclaclamation de mon mari. Je descendis à pas de loup, le cœur battant, la lèvre sèche ; sur l'escalier, les gros rires de nos gens qui soupaient dans l'office, m'éclatèrent aux oreilles comme une sanglante raillerie du hasard... Enfin, je pénétrai dans les chambres du rez-de-chaussée, par la salle à manger toute sombre, où traînait encore une odeur écœurante de mets ; et, me serrant aux boiseries, me tenant aux meubles, à tâtons, je parvins jusqu'à la galerie de tableaux qui relie la salle à manger aux salons.

Le premier des trois, faiblement éclairé

4.

par un gros cierge dans une verrine, était
plongé dans une demi-obscurité malgré la
fenêtre ouverte à l'un de ses angles, dont
le balcon ventru à balustre de pierre sculpté
blanchissait poétiquement sous la lune.

Du troisième salon, tout au fond, où ma
mère tenait sa veillée, partaient des murmu-
res confus; on causait là-bas, on jouait, personne ne songeait à moi... Cela me parut
étrange que le train de la vie continuât pour
les autres, alors que, pour moi, tout com-
mençait à revêtir un aspect sombre, tragi-
que!

Après ce que je venais d'entendre, ce qui
s'était débattu presque sous mes yeux, il
m'eût paru juste, au moins, que la nature
autour de moi protestât. Car, ce tas noir, remuant là dans l'ombre, sur la terrasse, sous
les feuilles retombantes d'un large palmier,
c'était eux. Eux!... mon mari, et la petite

nièce de ma mère, ma cousine Clara d'Haucourt, celle qu'on chargea de m'apprendre le
monde au moment de mon mariage... Ma
chère, cette créature a dix ans de plus que
moi ! !

La verrine, heureusement, ne jetait qu'une
lueur incertaine au coin le plus reculé de la
galerie, je pus, grâce à ma robe noire par
hasard, m'aventurer sur le petit balcon de la
fenêtre ouverte, en me courbant néanmoins
de façon que ma tête, recouverte d'une dentelle, dépassât seule le balustre. D'ailleurs,
en bas, à moins de trois mètres au-dessous,
le tas noir, distinct maintenant, se préoccu-
pait fort peu de moi; ils se croyaient sûrement invisibles tous deux en leur coin sombre, et continuaient gaillardement le débat
commencé.

— C'est à prendre ou à laisser, prononça
froidement ma cousine.

— Pardieu, c'est à prendre ! repartit M. de Chartrois.

Le tas se sépara quelque peu, il y eut entre ses deux parties mouvantes comme une apparence de lutte, et de gros baisers sonnèrent dans la nuit.

— Maladroit ! vous me donnez des baisers de nourrice.

Elle sortit de l'ombre sur ces mots, et s'avança rapidement en pleine lueur, la tête basse, regardant son ombre à ses pieds, qui s'allongeait démesurément sur le sable frappé par une pluie de rayons. A de certaines places, même, on eût dit tant le rayonnement était intense qu'elle marchait dans l'eau... je me souviens de cet effet, il était étrange, et me frappa.

— On va vous voir, revenez ici ! siffla la voix de mon mari.

Clara s'arrêta sur place.

— Eh bien, quand on nous verrait? fit-elle avec son impudence habituelle. Si vous avez peur, mon cher, brisons-là ! je n'aime pas les poltrons.

Cinglé en plein orgueil, Jacques la rejoignit aussitôt.

Très calme, alors, sûre d'elle-même et de la lâche complicité des autres du troisième salon, elle s'amusa à le retenir dans le clair rayonnement de la lune, collé à elle, son front abaissé sur le sien. Et lui grisé, mâté par son audace, la baisait silencieusement dans la fine raie de ses cheveux noirs!...

Je fus prise de faiblesse, je me laissai aller en arrière, ma tête frappa contre une des vitres, ils tressaillirent tous les deux.

— Vous voyez, dit monsieur de Chartrois en montrant les fenêtres de l'œil, j'avais raison...

— Mais non, c'est le vent, grand enfant;

ces balcons sont déserts, voyez plutôt !

Elle se détacha de lui en haussant les épaules et regagna le coin noir sous le palmier. Je m'accroupis de nouveau, mon regard se faisait aux ténèbres, fouillait l'obscurité, devenait perçant ; Jacques me parut vouloir l'enlacer, elle se débattre... Enfin :

— Que décidez-vous ? demanda-t-elle.

— Tout ce que vous voudrez, répondit-il d'une voix plus sourde.

— Vous ferez ce que je veux ?

— Oui.

— Vous le jurez ?

— Je le jure.

— Je t'aime, alors, je t'aime ! s'écria-t-elle par deux fois ; et sa voix m'arriva grave, un peu émue.

Lui, voulut encore essayer de la saisir.

—Assez ! commanda-t-elle impérieuse. Pas ici. Cette nuit, chez moi, je vous attendrai !

— A quelle heure?

La misérable éclata de rire.

— A l'heure des braves, qui est la mienne, mon gentilhomme. Je rentre chez moi, bonsoir. Madame d'Haucourt lui tourna le dos.

Monsieur de Chartrois courut à sa poursuite, comme un fou.

— Qu'est-ce encore? interrogea-t-elle durement, en se retournant tout d'une pièce.

— M'aimez-vous, voyons, oui ou non? Songez à ce que je fais... à qui je trompe... Berthe a tant de confiance!

— Berthe n'a que faire en tout ceci. Où voulez-vous en venir?

— A savoir si vous m'aimez, oui ou non.

Clara d'Haucourt recula.

— Si je vous aime? s'exclama-t-elle violemment. Qu'est-ce que cela vous fait, puisque je me donne!

— Je ne veux pas être le jouet d'un caprice,

comme les autres, reprit mon mari, car, avec vous, on ne sait jamais !.... Voyons, Clara, soyez sérieuse, ne fût-ce qu'une minute, qu'une seconde !.... Vous m'avez paru sincère tout à l'heure quand, par deux fois, vous vous êtes écriée : « Je t'aime... » Votre voix était douce, émue !.... C'est un homme réellement épris qui vous parle... M'aimez-vous, dites, m'aimez-vous ?

Elle saisit sa main levée, et la retint par un geste plein d'autorité.

— Pourquoi cette question, Jacques, prononça-t-elle alors d'une voix lente. Elle resta songeuse un bon moment, et je compris que ce qui allait en dernier lieu s'échapper de ses lèvres serait mon arrêt de mort.

— Que puis-je répondre, quand je suis moi, continua Clara, c'est-à-dire une créature taillée sur un patron de fantaisie, de rencontre !.... Si je fus sincère, il n'y a qu'un ins-

tant? ma foi, mon bon ami, je n'en sais plus
rien. Vos baisers m'ont peut-être magné-
tisée, votre souffle a peut-être momentané-
ment échauffé le mien... Je suis une telle
sensitive, moi, vous savez?.... Vous souvenez-
vous de mes lubies quand j'étais toute petite
fille, et que vous, les garçons, vous vous amu-
siez à m'émouvoir?.... Je n'ai guère changé,
allez ! Et, je vous le dis: pour moi, comme
pour les autres, il ne faudrait m'aborder que
de loin !

Jacques se rapprocha d'elle un peu plus.

— Démon ! fit-il entre ses dents.

— Nous sommes la fin d'un monde, toi et
moi, cousin, continua-t-elle de sa voix rauque de contralto fatigué. Va, jouissons !....
n'approfondissons rien.

Ils regagnèrent l'un des perrons au bout
de la terrasse, et rentrèrent ensemble dans
le salon de ma mère.

Je remontai chez moi d'un pas morne, anéantie, perdue, un amoncellement de ruines dans le cœur. Quelques instants après, monsieur de Chartrois pénétrait dans ma chambre à coucher.

— Pas encore au lit ? me dit-il tout surpris.

— Je vais m'y mettre, répondis-je d'une voix faible.

— Ah ! bonsoir alors, dormez bien. Moi je me coucherai tard ; la nuit est splendide, je veux faire un tour de parc.

Il pirouetta sur ses talons, et sifflotta en se dirigeant vers la porte. Ce mouvement, bien simple pourtant, m'exaspéra ; je lui sautai à la gorge comme une folle.

— Où vas-tu ? criai-je, chez Clara, n'est-ce pas ? Je te le défends ! tu es mon mari, tu es à moi, je te garde ! Je tenais un de ses poignets dans ma main crispée, mes ongles lui entraient dans la chair :

— Lâchez-moi ! s'écria-t-il furieux. Mais lâchez-moi donc, vous me faites mal !

Il me repoussa, je tombai sur le pied de notre lit. Je revins à la charge avec une âpreté terrible.

— Écoute, lui dis-je en me suspendant de force à son cou, je vous ai entendus tout à l'heure, toi et elle, sur la terrrasse... c'est le choc de mon corps contre la fenêtre où j'étais blottie qui vous a fait tressaillir... Pour Dieu, ne mens pas, repens-toi. Et j'oublierai... Ce sera comme un mauvais rêve !.... Voyons, qu'a-t-elle de plus que moi cette femme ? Rien, que des années. Elle est mon aînée de dix ans ! Vicieuse comme le vice ! Jeune fille, on l'a surprise avec son mari, il a fallu brusquer la noce, tu t'en souviens ?.... si elle n'était de Champerreux, il y a longtemps qu'on ne la recevrait plus !.... Moi, je suis ta femme, une année à peine s'est écoulée

depuis que nous nous sommes juré une mutuelle et éternelle fidélité... Ne me trompe
pas, je t'en supplie... je sens que j'en mourrais !

Je glissai à ses genoux.

Mais lui, se composant un visage, re-
commença à sifflotter, d'une lèvre un peu
tremblante cependant.

— Nous vous avions aperçue, ma chère,
reprit-il en me fixant bien dans les yeux,
j'ai voulu vous donner une leçon.

— Tu mens !

— Oh !.... quel genre, ma chère, c'est
odieux ! Je m'en vais.

— Je perds la tête, c'est vrai... suppliai-je
lâchement. Mais ne t'en va pas, je t'en conjure, ne me quitte pas !

— Je sortirai d'ici tout au contraire, et, si
vous continuez une telle scène, je n'y re-
viendrai plus, tenez-vous-le pour dit... Dieu

merci, les chambres ne manquent pas au Pierreux.

— Tu te dénonces ! m'exclamai-je aussitôt d'une voix tonnante. Ah ! je sais maintenant la condition qu'elle te pose, quelle infamie ! !

— Assez ! interrompit mon mari, qui pâlit malgré son empire sur lui. Je vous le répète. nous avons voulu vous donner une leçon ; madame d'Haucourt le certifiera demain à votre mère. Clara a le langage cru, vous le savez bien, pourquoi vous embarrasser de ses dires ?

Rien ne put l'attendrir ou l'effrayer, de mes larmes ou de mes menaces ; raillant les unes, riant des autres, pendant une heure que durèrent encore mes plaintes et mes supplications, il fit bonne et froide contenance. Tenant Clara pour forte partie, Jacques se fiait à sa rouerie infernale.

Je l'attendis toute la nuit.

5.

Il ne rentra qu'au jour, et se jeta dans mon lit comme une masse, sans me toucher, ce qui me fut un poignant aveu.

T'en dire davantage aujourd'hui est au-dessus de mes forces ; je viens de tant souffrir à revivre ces souvenirs pour te les retracer, que je ne peux plus que te serrer contre mon cœur qui est tout à toi.

BERTHE.

Ursule Leblanc à Berthe de Chartrois.

Est-il possible, mon Dieu, qu'il y ait un monde où de semblables infamies se tolèrent ! Qu'il y ait des hommes tels que M. de Chartrois !

Mais, que font donc ta mère, ton oncle, tes protecteurs naturels, enfin ?.... Vont-ils laisser dévorer ta jeunesse par ce monstrueux ulcère conjugal ?

Au surplus, je la connais ta madame d'Haucourt, je le parie ; juges-en :

Un matin de cet hiver, j'entrai à Sainte-

Clotilde en revenant de faire des achats; je ne suis pas bien dévote, mais c'est égal, les habitudes d'enfance sont là qui me talonnent (je te jure bien que si j'ai une fille, elle n'ira pas au couvent) ! et j'ai besoin parfois, tout comme une autre plus faible, d'un instant de recueillement, de silence. J'aime ces grands vaisseaux frais et sombres de nos églises les plus vieilles... ce n'est pas pour cela, par exemple, que j'étais à Sainte-Clotilde ce matin-là : Sainte-Clotilde n'a guère qu'une vingtaine d'années d'existence et, de plus, elle est fort *genreuse*. Non, j'y vins pour me reposer d'abord, après une course assez longue, pour contenter ensuite mon goût intermittent de solitude. Et puis, je l'avoue, pour dire aussi quelque chose d'aimable au vieux bon Dieu de mon enfance. Celui-là, je t'en réponds, fouaille joliment Loyola quand il le rencontre !.... (en admettant tou-

tefois qu'Ignace ait rang parmi les bienheu-
reux). Ne t'impatiente pas, ma chérie, je viens
au fait.

J'étais donc béatement assise sur une
chaise, dans l'un des bas-côtés de l'église,
tout près d'un confessionnal. A te parler franc,
je crois bien que je ne pensais à rien, je
jouissais tout bonnement du silence, troublé
seulement de temps à autre par le choc d'une
chaise sous la main brusque de la loueuse,
par le coup de balai ou de plumeau d'un sa-
cristain faisant le ménage des chapelles.

Mon regard errait çà et là, quand il fut
sollicité, simultanément avec mon oreille,
par un murmure continu à peu près semblable au bruit d'une source coulant sur des
feuilles. Le confessionnal était habité ; un
flot d'étoffe, débordant le bas de son ouverture de gauche, posait une ombre molle sur
la dalle, devant moi.

Une curiosité me prit de voir ce confesseur
au murmure susurrant ; car, du flot d'étoffe,
pas un pli ne remuant, j'en conclus que la
pénitente s'immobilisait dans un pieux re-
pentir, et qu'elle n'était pas près de retourner.
la tête.

D'abord, et malgré la tension exagérée de
mon cou, il me fut impossible de distinguer
autre chose qu'une grosse masse noire, au
fond de l'ouverture sombre qui me faisait
face. Mais, un brusque mouvement du confesseur en avant, me permit de saisir au vol
les lignes indécises de son front proémi-
nent, de son torse robuste ; il se cachait le
visage avec un mouchoir de poche blanc...
Pourquoi cette précaution ?.... De plus fines
que moi te répondront !

Toujours est-il que le torse et le front dis-
parurent tout à coup, pour se tourner pro-
bablement du côté de la pénitente, immobile

toujours, et muette derrière son grillage de bois. Un très long moment s'écoula, près de dix minutes, pendant lesquelles je n'entendis plus rien. J'étais fortement intriguée, quand le flot d'étoffe se relevant d'un mouvement rapide, j'aperçus la pénitente dressée en pied.

Elle resta deux bonnes secondes au moins comme étourdie, à se retenir au bois du confessionnal, d'une main gantée très haut jusqu'au-dessous du coude. Sa pelisse de fourrure à manches larges, entr'ouverte sur la poitrine, laissait apercevoir des blancheurs exquises voilées par une dentelle à grands réseaux.

Dédaignant mon regard, ou ne me voyant pas plutôt, cette femme porta sa main gauche restée nue à son chapeau, pour en relever la voilette, et ce geste me découvrit son avant-bras, nu aussi ; il devenait évident pour moi que, sous sa pelisse, l'étrange pénitente portait une robe fort échancrée du corsage, à manches presque courtes... Je fis la réflexion qu'il était au moins bizarre d'aller ainsi à confesse, en toilette de soirée !...

Elle respira deux ou trois fois légèrement et attendit, toujours debout, le regard vague, perdu dans les profondeurs de l'église.

Le prêtre, lui, se tournait et se retournait dans son coffre de chêne, poussait de gros soupirs; son oraison fut longue, enfin il ouvrit la porte du confessionnal, sortit lentement, et se signa deux ou trois fois en courbant la tête.

Il est grand, cet homme, râblé comme un carabinier, d'un aspect tout particulier : de grands yeux à paupières épaisses, très abaissées, jettent de l'ombre sur ses joues ; son menton osseux forme un angle sec avec le rabat sous le cou; sa bouche serrée, presque sans lèvres, bleuit à l'entour d'un nez très gros du bout, légèrement épaté et un peu déprimé à la base. Des cheveux brun-roux, très drus, bouclent autour de sa tonsure ; et, quand je t'aurai dit que son vêtement est très soigné, les boucles de ses souliers, au haut de son cou-de-pied d'une cambrure hardie, fort brillantes, d'argent fin j'en jurerais !... tu mettras peut-être un nom sur cette soutane, toi qui pratiques *par principe* tout le clergé élégant de Paris.

Il passa devant sa pénitente, très raide, sans lui accorder un regard, s'agenouilla un instant devant l'autel à côté du confessionnal, et la rejoignit après une courte prière. Elle lui tendit la main avec un plissement de la lèvre qui me parut l'ébauche d'un sourire, en le regardant bien en face, d'un œil clair, très fixe.

Il lui toucha le bout des doigts d'un geste prompt, et son bras retomba aussitôt

6

le long de son corps, en se serrant à la
soutane par une petite crispation du poignet... Je n'oublierai jamais, vois-tu, aucun
des détails de cette scène curieuse, entre une
pénitente belle, délicate, mais pleine d'audace, le regard empreint d'une résolution
froide, et ce confesseur robuste, à l'œil
fuyant, au front bas, à l'attitude peureuse,
qui semblait plutôt demander l'absolution que
la donner.

— Au revoir ! dit la jeune femme avec quelque impatience ; elle fit un pas en avant.

— Au revoir, mon enfant, chuchota le
prêtre qui, de ses yeux baissés, me désigna,
quoique je me fisse petite dans mon coin.
Mes respects à M. d'.....ourt.

Je ne perçus que la dernière syllabe du
nom, mais la similitude est trop grande
entre l'audace de ta rivale et l'insigne har-
diesse de cette femme, pour que j'hésite un

instant à ne pas les confondre. Tu sais, on a
de ces intuitions qui ne s'expliquent pas, elles
se prouvent.

Le soir venu, mon mari rentré, tu penses
bien que je ne pus tenir ma langue ; je ra-
contai *tout*.

Pierre m'écouta attentivement jusqu'au
bout, sans m'interrompre, avec la gravité du
juge d'instruction qui fait une enquête :

— C'est bien cela, me dit-il ensuite en
secouant la tête, ils se tiennent encore debout, entiers, dans ce monde-là, par les
femmes ! Et pourtant, celui-là est un timide.
De quelle force disposent ces robes noires ! !

Puis, durement :

— Tu me feras le plaisir de ne plus aller à
confesse, toi !

— Mais je n'y vais plus, mon ami, tu le
sais bien.

— Tant mieux, ajouta Pierre sévèrement.

Et la contraction de son visage fut telle que, pour la première fois, j'eus le regret de lui avoir confié quelque chose.

Ah ! ma pauvre Berthe, bien qu'une telle femme ne me soit apparue que dans la pénombre de Sainte-Clotilde, au sortir du confessionnal, je m'explique sa puissance fascinatrice ! Les créatures de son espèce sont surtout redoutables parce qu'elles agissent également sur les deux extrêmes de la nature masculine.

En réveillant l'appétit du repu, elles lui procurent cette soif que donnent les aliments pimentés.

En rassurant les convoitises du timide, elles l'encouragent à les contenter.

Mais ton mari ne saurait tenir de ces deux extrêmes-là.

Voyons, lorsqu'il t'a épousée, c'était un homme de trente-trois ans, je crois, fort amoureux de toi, ayant beaucoup vécu déjà il est vrai, mais c'est égal, et quand le diable y serait, ta beauté printanière a dû lui faire l'effet d'un plat réconfortant; ton amour, d'une brise bien saine, d'un bain de fraîcheur et de jeunesse ?...

Mon Dieu, je ne suis pas née d'hier, et ne prétends pas entasser Pelia sur Osson, parce que le mari d'une de mes amies la trompe. Mais, au fait, il y a dans cette liaison coupable, dans cette scène de la terrasse qui l'a précédée, dans ce retour d'un époux au lit conjugal, où il a grand soin de se garer de sa femme, tant d'aperçus nouveaux pour une femme de ma classe, tant de preuves évidentes d'un ordre psychologique, contre vous nos adversaires, que, sans vouloir imiter le maître d'école haranguant l'écolier qui se noie, je veux pourtant m'arrêter à rechercher avec toi la cause primordiale de ce

6.

bouleversement des rôles dont tu souffres.

Et d'abord, on nous élève mal ! On ne nous prémunit contre rien. Moi, je ne suis qu'une exception, un phénomène, un veau à deux têtes..., une fille de marchands de drap élevée aux Oiseaux !... Mais, pour tes pareilles, l'éducation du couvent, c'est la règle. Je sais bien que si l'on m'eût mise autre part, en un pensionnat séculier, mon ignorance n'eût pas été moindre, on ne nous apprend que des fadaises ; heureusement, notre enseignement se remanie, on songe à faire quelque chose : les écoles normales de femmes prennent bien. Mais, pour nous autres bourgeoises, le mal est moins grand ; rentrées dans nos familles, la force des choses, le train de la vie, nous transforment bien vite, si notre trame est solide, en femmes de devoir et de labeur ; ce qui fait qu'avec une éducation semblable, nous sommes pourtant bien différentes, toi et moi.

Dès mes premiers pas à la maison, je dus soutenir une lutte ; celle du bon sens contre le préjugé vaniteux, ignorant. J'ai commencé la vie par le combat, en faisant de grosses fautes de tactique certainement (dont mes parents profitèrent six mois durant) ; puis, la défaite m'instruisant mieux que tout autre maître, j'emportai un beau jour, haut la main, une place que d'heure en heure j'investissais de plus en plus habilement.

Pierre ne s'amusa pas, lui, sa femme conquise, aux minauderies de la lune de miel ; il sut employer son temps, et ne craignit pas de medire, en les ponctuant, je l'avoue, de caresses très réitérées, ces phrases décevantes pour un cœur moins résolu que le mien : « Mon amour, tu ne sais rien ! Mon trésor, il te faut tout apprendre ! »

Tout c'était beaucoup ; cependant, je ne me décourageai pas, je mis de la bonne vo-

lonté dans mes efforts, sans un brin d'amour-
propre ; et, quand je dis qu'il me fallut tout
apprendre, je me trompe pour le commencement ; mon début fut de *désapprendre*.

On nous avait farci la tête au couvent de
superstitions auxquelles je me cramponnais ;
mon mari m'en fit l'opération dextrement ;
il me trépana l'entendement, et c'est incroyable après cela comme je suis devenue lucide.

M. Leblanc n'est point athée dans l'acception absolue du mot, loin de là !... Il
croit à une Force suprême ; il la cherche,
la sent, la reconnaît sincèrement en toutes
choses. Mais, c'est justement, dit-il, parce
que cette force est l'essence même de la nature, que prétendre la personnifier est une
erreur.

L'âme des êtres et des choses, la vie uni-
verselle, Dieu enfin ! ne saurait sans profa-
nation revêtir cette forme essentiellement

palpable et physique d'un Père éternel à barbe
blanche, pour la ressemblance duquel on peut
choisir entre Charlemagne et le Juif errant !

— De toutes les religions humaines, ajoute
Pierre, je ne retiens que la doctrine ; la
doctrine chrétienne me suffit. Je te la permets, je te la recommande ; clarifiée pourtant, passée au filtre de la raison. N'oublie
pas que le Christ était juif d'Orient, qu'il parlait à des populations orientales un langage
de paraboles. Extrais donc l'esprit de ses
préceptes, laisse la lettre. Lui-même l'a dit,
d'ailleurs : « La lettre tue. »

Quant au prêtre?... je n'en veux pas chez
moi. Le prêtre moderne, le prêtre catholique
tel que le fanatisme l'a fait, produit de la
démence et de l'obscurantisme, n'a que deux
alternatives : le martyre, ou le crime... Je ne
l'accuse pas, d'ailleurs, c'est un homme ; je
le plains !

Te dire que j'acceptai de prime abord cette semence, qui me fut bien moins imposée que généreusement prodiguée, serait mentir.

Je me débattis quelque temps, j'allai à confesse en cachette, jusqu'au jour où comparant loyalement les exhortations rancunières de mon confesseur (plutôt romain que français), ses diatribes, aux fortes leçons de mon mari, à sa prudente indulgence, à son patriotisme fervent, je n'hésitai plus; j'obéis à mon époux. Je trouvai du charme à cette obéissance, une fière et digne émulation qui me porta rapidement vers les plus hauts sommets, me fit goûter cette joie profonde de ne devoir la pratique du bien qu'à moi-même, au développement intelligent de ma raison, à la voix autorisée de ma conscience.

Mais, nous voilà loin de ton sujet; et, pour n'avoir pas voulu tomber dans le travers du

maître d'école, j'y tombe en plein : je prêche du haut de mon foyer tranquille, tandis
que tu te débats dans les troubles inextrica-
bles du tien.

Ta mère? — Je ne vois qu'elle dont l'autorité puisse entrer en balance avec celle de ton
mari. Père et mère ont un mandat sur nous,
qu'ils passent à nos époux quand ils nous
marient. Du moment que M. de Chartrois
s'en décharge par l'infamie de sa conduite,
ta mère a le droit de le lui reprendre ; de te
soustraire même, légalement, à son despo-
tisme cruel.

— Tu n'en arriveras pas là, je l'espère ; une
simple menace suffira. La séparation chez
vous entraîne l'exclusion ; j'aime à croire
qu'il reste encore assez d'honneur au fond
du cœur égaré de ton mari pour que cette injustice te soit épargnée.

Ah ! si tu étais des nôtres, je te dirais :

« Quitte-le ! » Tu n'as pas d'enfant qui t'oblige
à subir son mépris, ses insultes, il souille ton
toit d'une liaison adultère commencée, pour-
suivie sous tes yeux, quitte ce toit, reprends
ton indépendance !... Nous te soutiendrons,
nous trouverons bien le moyen de rendre
ta vie utile à quelque chose, si ce n'est à
quelqu'un. Notre monde républicain est juste
et bon pour les faibles.

Hélas ! née dans le parti des aveugles et des
sourds volontaires, tu dois, ma pauvre amie,
te contenter de ses tâtonnements, de ses
demi-mesures. Va trouver ta mère qui, je
l'ai compris du moins, ne sait rien de ton
malheur ; apprends-le-lui, remets ta cause
entre ses mains expérimentées. Ta mère est
chez elle au Pierreux, elle t'accordera l'expulsion de ta cousine ; cette première répa-
ration t'est due.

Une mère, vois-tu, peut avoir ses idées,

ses travers, son sang est le nôtre, notre cause est toujours la sienne ! Qui sait, d'ailleurs, la passion de M. de Chartrois va peut-être s'user ? Tout s'use dans le mal.

C'est pour cela qu'il vaut mieux éviter entre vous l'irrémédiable d'une séparation.

Mais, dis-moi ma chérie, aimes-tu encore ton mari ? Réponds franchement. Quoi que tu me répondes, jamais je ne croirai que tu emploies le vicomte d'Ossault à te venger ou à te défendre !

Ton amie entièrement dévouée.

URSULE LEBLANC.

7

Le Pierreux, 6 août.

Berthe à Ursule.

Ce serait à croire, ma chère Ursule, que tu as raison de nous prendre ma caste et moi pour les restes abâtardis d'une minorité égoïste, déchue ?...

Grâce à Dieu, je n'ai qu'à regarder vivre certains d'entre nous, les meilleurs, à m'écouter penser, pour être assurée du contraire.

J'ai suivi ton conseil, je suis allée trouver ma mère ; mais comme elle m'a reçue !

Cette mère qui me chérit, dont la tendresse a ravi mon enfance, choyé mes pre-

mières années de jeune fille, de femme, ma
mère en un mot, et ce mot devrait résumer
sur mes lèvres tout ce qu'il y a de bon, de con-
solant, d'ineffable et de juste en ce monde,
m'a renvoyée de son *tribunal* plus désespé-
rée, plus seule que jamais.

« *Tribunal!* » Ne m'accuse pas si je
nomme ainsi le sein maternel ; celle qui me
doit le secours avant tout autre, s'est dressée
devant ma douleur, ergoteuse comme un
juge ; elle a prononcé ma condamnation et
acquitté mes deux bourreaux.

Pour eux, les circonstances atténuantes,
une nature particulière, l'entraînement, le
dépit, que sais-je ?... Enfin, tout le réper-
toire des excuses banales et lâches, ma mère
le leur a concédé !

Et, sais-tu quels sont les considérants de
mon arrêt à moi?

1° Le mariage entre gens d'un certain bord

est bien plutôt une association honorable qu'une intimité amoureuse.

2° Il est des exigences, d'une espèce absolument temporaire, qui sont incompatibles avec l'état stable des époux.

3° Le manque absolu de tenue ; c'est-à-dire l'habitude déplorable de ne savoir pas refréner ses sentiments, masquer ses impressions sous une allure immuable de bonne compagnie.

4° L'indifférence en matière politique et religieuse qui, de nos jours, mène une cervelle de femme aux abîmes, l'attire vers les nouveautés funestes, les principes morbides.

Bref, j'eusse dû de moi-même, après ma première année de mariage, laisser une liberté de mouvement plus grande à mon mari, ne pas me conduire ainsi qu'une maîtresse en m'attachant sans cesse à ses pas, ne pas exiger de lui une continuité de caresses, ri-

dicule par sa durée même, *savoir mon monde*,
l'étudier, l'apprendre, afin de ne pas jeter
les hauts cris et devenir verte comme une
pomme, à la première galanterie un peu trop
accusée de M. de Chartrois.

« Ce qui est, doit être : affirme ma mère ;
c'est la déduction logique, inévitable, d'une
cause : le mariage. On n'a pas toujours faim
de la même façon, l'appétit le plus robuste
a ses caprices, ses dégoûts involontaires....
Que diantre, on a beau préférer le canard, il
est impossible d'en manger tous les jours !
Le canard, c'est moi. »

Loin de me plaindre, de me donner en
spectacle comme une petite bourgeoise sans
vergogne, je dois travailler à acquérir cette
possession de soi, ce calme imperturbable,
cette grâce ferme et lente, qui sont les véritables apanages d'une vraie grande dame.

Va, ma petite Berthe, a ajouté ma mère

7.

en me baisant au front et en tapotant mes mains dans les siennes, tu es encore bien jeune ! Il faut vieillir, ma fille, absolument ; prendre sur toi, et te dire que le rôle des privilégiés de notre sorte n'est pas toujours facile. Tout se paie, ici-bas, chère enfant, la pureté de race comme le reste ; et, si nous sommes l'exception, n'est-il pas juste que nous la fassions dans la société, dans le mariage, en confirmant ainsi la règle commune à nos inférieurs ?

Une marquise de Chartrois doit triompher d'une vaine jalousie ; et contre qui ?... Contre une égale, une parente, c'est-à-dire une grâce d'état !

En effet, ma chère, tu n'en ferais pas plus, tu n'en dirais pas moins, pour une fille perdue qui déclasserait ton mari et dérangerait sa fortune... Sois plus fière !

Clara n'est pas méchante, elle ne demande

pas mieux que de faire bon ménage avec toi, elle te trouve charmante. De plus, elle t'a rendu des services, t'a fait bénéficier de sa science mondaine très complète, t'a pilotée un peu, même, à tes débuts... Ce que j'eusse été fort embarrassée de faire, moi qui ne sors plus depuis dix ans ! Tu as beau dire, nous lui sommes redevables ; et je comprends que ton mari la soigne particulièrement. Maintenant, que ces soins aillent parfois un peu loin, eh ! mon Dieu, ma chérie, tu connais Clara ; avec elle, l'escarmouche n'a pas de conséquence.

Ton amour-propre est donc sauf ; puisque tu veux absolument mettre de l'amour-pro-pre dans ces choses-là. Le fait d'une femme véritablement comme il faut serait de les ignorer, de les regarder sans les voir.

Soyons justes, en somme : Georges d'Os-sault te fait la cour ?... Je ne vois pas que de Chartrois s'en fâche !

Crois-moi, le *ménage,* pour des gens comme nous, est une suite de concessions renouve-lées avec grâce, de temporisations indulgentes. Veux-tu donc ressembler à madame Blaiseau, ma femme de chambre, qui me rompt les oreilles chaque fois que son mari la trompe?... Le propre de ces gens-là est de ne pas s'y faire. Franchement, je te voudrais une autre ressemblance. D'autant plus que tu n'as pas de preuves !

— Mais, la terrasse? m'écriai-je.

— Un jeu ! — ma mère haussa les épaules. Clara m'a décrit la scène, il n'y a pas de quoi fouetter un chat.

— Et la chambre à part?...

— C'est fort bien fait, et je t'attendais là. En vérité, tu es folle! Alors, tu t'es figuré que ta couchée de la lune de miel allait se prolonger indéfiniment?... Peste, ma fille, tu as du sang ! Peux-tu toujours répondre de toi au réveil, et dans le sommeil? Qu'un ronflement intempestif t'échappe, quel désastre!... Que tu aies le cauchemar dans la nuit, une insomnie par hasard, et te voilà l'estomac lourd, la langue pâteuse, le blanc de l'œil jaune, dès le matin!.. Ma chère, il n'y a qu'une fleur, assez sûre d'elle-même pour affronter les baisers de l'aurore.

Et puis, nos maris nous savent un tel gré de les laisser faire! Ils n'en reviennent de temps en temps vers nous que plus tendres, plus amoureux quelquefois.

« Sois prévoyante, encore, ma petite Ber-
« the; la vie est longue, on n'y peut jurer de
« rien. Qui te dit que la présence éternelle de
« Jacques ne te lasserait pas, un beau jour?...

« A présent, je veux bien admettre que tu
« souffres, que Jacques ne te ménage peut-
« être pas assez les transitions. A cette souf-
« france, mon enfant, il est un remède cer-

« tain, la prière !... la pratique de notre
« sainte religion !

« Mon Dieu, je ne te demande pas mon
« assiduité aux offices, le zèle n'est pas de
« ton âge ; mais tu devrais t'occuper des
« œuvres. Cela remplirait ton temps, trom-
« perait tes ardeurs, t'aiderait puissamment,
« je t'assure... Tu secoues la tête?... Oui,
« je sais que ces dames aux *Oiseaux*, t'ont
« peut-être un peu trop gorgée d'oraisons.
« Mais les œuvres, ma petite, les œuvres !
« Ce n'est pas la même chose.

« Allons, mignonne, souriez... et soyez
« femme ! Je te le demande en grâce. »

Je trouvai la force de lui sourire, mes lèvres crispées eurent un spasme auquel elle
se méprit facilement, et je sortis de chez ma
mère, le cœur glacé, l'âme perdue.

Et tu veux que je rebute l'amitié de monsieur d'Ossault !...

Mais lui seul, ici (il est revenu plus tôt que nous ne l'attendions), lui seul, me comprend, me plaint. Ah! tu ne le connais pas, Ursule!... Si tu le connaissais, tu ne concevrais de lui aucune crainte. Mon cousin Georges, mais c'est la noblesse, le désintéressement en personne! — Jusqu'ici, nous n'avions guère causé tous deux que de littérature et de monde; depuis son retour, nous ne nous quittons presque plus. Il me confie toutes ses pensées, je n'ai pas à lui cacher les miennes, et cet échange a quelque chose de doux qui me ranime, me console, et m'accoutume à réfléchir à bien des choses que mon mari n'envisage même pas!... Georges m'enseigne le vrai et le droit sur une foule de points... Le vicomte m'aime, cela est certain. J'en suis fière, quoique je ne partage pas son amour. Et si, tôt ou tard, je le partage, tu devras m'absoudre; c'était à monsieur de Chartrois de me garder!!

. . . .

. . . .

Je reprends ma lettre interrompue par quinze jours d'une agitation folle, nous avons eu beaucoup de monde au Pierreux, qu'il a fallu distraire; et, comme maman bouge peu, que mon mari s'absorbe de plus en plus dans Clara, que celle-ci ne songe qu'à s'amuser, tout le souci du plaisir des autres est retombé sur Georges et sur moi. Voyons, où en étais-je avec toi, il y a quinze jours?... Le mieux est de te relire.

Sais-tu que tu me poses, en terminant, une question bien cruelle : « *Si j'aime encore mon mari?* »

Ah! je ne veux pas m'interroger quant à cela, j'aurais trop peur de me répondre « *Oui.* » Et ce oui, ne serait-ce pas le désespoir sans terme, la haine, la rage à jamais?

Non, mieux vaut devenir sourde, et muette.

Ma douleur entre dans une période d'a-
mollissement, ne la détourne pas de cette
voie. Après le remous orageux, c'est un
morne clapotement : mon cœur ne crie plus,
il murmure !... Les tons brûlants de ma pensée s'adoucissent aussi, ils se fondent dans
une mélancolie automnale... Je ne vis pas
encore tout à fait selon le dernier conseil de
ma mère, non, je me l'approprie plutôt ce
conseil ; je le hausse à la poésie de ma nature, à sa sensibilité maladive, à son atten-
drissement profond.

— Bien que je ne puisse éviter la grand'-
messe criarde du dimanche à la paroisse,
dans le banc-d'œuvre, je visite souvent notre
petite église du village. Nous y allons ensemble, il a de la religion, c'est un vrai
gentilhomme ! — Lui, reste à la porte, près
du bénitier. Je m'avance seule, entre les murs

noircis, verdissants à la base, sous la voûte
que soutiennent de grosses poutres, d'où le
plâtre se détache par petites écailles grises
et frustes... Je m'agenouille devant le Christ
peint, grossièrement colorié, qui grimace péniblement sous la lumière du vitrail. Une
odeur de vieillesse, la moisissure du passé,
s'imposent à mes sens, autant que le recueillement de l'heure.

C'est la tombée du jour, il fait gris, le
silence descend sur le temple rustique, et
dans le petit cimetière qui l'entoure, l'herbe
des tombes remue à la brise, et devient
noire !... Des appels de bêtes se traînent
comme des gémissements... tout se recule
au dehors, tout est plus loin,... le vague du
soir assoupit toutes choses !...

Un doigt touche mon épaule, je tressaille,
c'est M. d'Ossault qui me rappelle l'heure.
Il faut rentrer. Nous traversons le village

où tout le monde prend le frais devant les portes ; on nous salue, je distribue le bon-soir à droite et à gauche, sans trop recon-naître les gens dans l'ombre qui grossit... Je marche en m'appuyant sur son bras, je m'y fais pesante à dessein pour retarder ce mo-ment pénible du retour dans la maison trop crûment éclairée, où ma mère lit le *Figaro* en attendant le dîner, où mon mari s'exclame au billard avec mon oncle qui fait des caram-bolages, où Clara en grande tenue, dans le salon, assise en face de la porte du billard grande ouverte, chante au piano des airs graveleux de l'opérette en vogue. Elle a des fleurs dans les cheveux, des fleurs aussi sur sa gorge très découverte, et les déhanche-ments de sa taille, les petits frissonnements de son buste, tandis qu'elle souligne chaque grivoiserie avec art, ont de quoi scandaliser un régiment !...

Mon oncle et mon mari s'en pâment d'aise,
ils l'applaudissent comme des sourds.

Moi, je n'ai plus que le temps de changer
de robe; j'endosse la première venue, qu'à
cela ne tienne! Le seul pour qui je me pare-
rais, ne s'attache pas au vêtement. Il va plus
haut, plus loin... C'est l'âme qu'il cherche
sous la fragilité de la parure, et l'âme n'a
pas besoin d'habit!

Tu as beau dire, Ursule, la religion des
gens bien nés, celle que je comprends, qui
est la mienne, et qui poursuit l'anéantisse-
ment du corps au profit de l'âme, cette reli-
gion-là, terme moyen entre la pratique un
peu trop *commère* de maman, et ta *philosophie*,
est bienfaisante et sûrement applicable aux
blessés de la vie. Elle nous tient en réserve,
à nous autres pauvres cœurs trahis par les
voluptés terrestres, d'ineffables consola-
tions!... Un bon prêtre qui les distribuerait

avec sagesse, avec simplicité, avec amour, serait l'idéal.

Malheureusement, j'ai dû prendre pour directeurs, à Paris et à la campagne, les deux confesseurs de maman.

A Paris, c'est un moine toujours grondant, qui ne me laisse même pas le temps de lui dire mes péchés ; il les connaît d'avance, me les énumère impétueusement, et ce qui fait son charme pour toutes mes amies (cette brusquerie malhonnête), me révolte au dernier point.

Ici, c'est notre curé de l'église paroissiale, le curé à la voix pointue, celui qui se souhaite la mort par les bêtes... et qui les mange, en attendant ! — Que te dire de celui-là ? — Si le rigorisme bourru du dominicain m'éloigne, l'indulgence obséquieuse de ce futur chanoine m'indigne. Je vais bien t'étonner, ma chère : le confesseur de mes

8.

rêves... c'est le pauvre vieux curé du Pierreux; un brave homme, fils de paysan, qui
parle patois avec ses ouailles, et retrousse sa
soutane pour rentrer ses foins.

Ah! bah! l'on pousse les hauts cris quand
je hasarde ce désir; « c'est un rustre, un
valet de ferme, qui sent le fumier à dix
pas ». Madame d'Haucourt crie plus fort que
les autres et prétend avoir des nausées lorsque par hasard il dîne au château; car on
l'invite, tu comprends, une fois par mois,
pour l'exemple; mais on le méprise ce pauvre
vieux !

A propos, et quoique j'aie beaucoup tardé
à te répondre (mais tu sais pourquoi, tu ne
m'en veux pas), ta scène de Sainte-Clotilde
m'a fortement impressionnée; il se pourrait
que ce fût Clara. Le confesseur, lui, je le
connais; c'est monsieur l'abbé Duflot, un
homme très pieux, très bien élevé, du meil-

leur genre, mais en effet assez timide.
Quelle infamie, tu conviendras, de chercher
à émouvoir ce digne prêtre !... Je ne voudrais
calomnier personne, mais enfin ma cousine
d'Haucourt répond terriblement au signalement de ta pénitente.

Je le saurai, d'ailleurs ; Georges, à qui j'ai
conté la chose, me servira d'auxiliaire pour
cette enquête, et j'aurai plaisir à taquiner
maman qui favorise par trop sa petite nièce.
Je veux bien que Clara l'amuse, ce n'est
pas une raison pour lui tout passer.

Cependant, M. Leblanc a tort de tirer des
conséquences condamnables pour la religion, d'une mauvaise confession de ma
cousine. Ce prêtre de Sainte-Clotilde est
bon, je te l'affirme ; et, en admettant qu'il
ne le soit pas, le clergé n'a rien à y perdre.
Ce n'est pas l'homme qui fait le prêtre, ma
chère, mais le Saint Ministère dont il est

revêtu. Derrière tout confesseur, je vois
Dieu... mon directeur serait un ancien for-
çat, que je n'en tiendrais pas moins son absolution pour valable !... Voilà ce qu'il y a
de beau, d'inébranlable, dans nos croyances
politiques et religieuses, à nous autres légitimistes, que vous nommez aussi *cléricaux ;*
rien d'humain ne peut les détruire. Elles
s'élèvent au-dessus des actions des hommes,
pour remonter éternellement vers leurs sour-
ces : la Divinité et le Droit.

Au revoir, ma bien chérie, je t'embrasse
du plus tendre de mon âme.

Ton amie à jamais.

BERTHE DE CHARTROIS.

P. S. Monsieur d'Ossault, qui sait que
je t'écris, me prie de te dire qu'il tient tout
particulièrement à conquérir ta sympathie,
sachant comme tu m'aimes, et comme je te
le rends.

Saint-Germain, 8 août.

Ursule Leblanc à Berthe de Chartrois.

Que M. d'Ossault perde tout espoir, il n'aura jamais mon estime.

Le rôle que joue ce gentilhomme est peu conforme à mes habitudes loyales, et pour te le dire une bonne fois, je n'aime pas la fin de ta lettre.

Ton amollissement est un leurre, la tra-hison d'un corps surmené. Femme dans l'acception *entière* du mot, tu as besoin d'ai-mer autant que d'être aimée. De ta chambre à coucher que déserte M. de Chartrois, le

vicomte entrebâille la porte, prends garde
à ce voleur d'épouse !

Oui, je comprends bien ; ce n'est pas à
ta beauté qu'il en veut, oh ! mon Dieu non.
Ce pur esprit n'aperçoit même pas ta chair
périssable ; le vêtement, pour lui, n'étant
qu'une simple guenille, ce pauvre innocent
éprouve un désir furieux de l'enlever !...
pourvu, toutefois, que tu l'assistes en cette
louable opération.

Ah ! çà, ma petite Berthe, tu crois comme
cela que tu vas me faire avaler toutes tes
couleuvres ?... me prendre pour une autre ?

Je suis du clan des honnêtes gens, ma
chère, et à mort ! Je n'en sortirai pas,
quelles que soient la ruse de vos câlineries,
et les embrassades de ton âme.

Ta lettre me déplaît pour plus d'une raison : qu'ai-je à faire, d'abord, de l'apologie
du vicomte ? de ta description du soir,

ensuite, dans ta petite moisissure de chapelle?

Va, tu décris moins bien que George
Sand !

Moi aussi, sache-le, car enfin on dirait à
t'entendre que tu as inventé le recueillement, la pureté, l'élévation, j'aime les
églises de campagne ; mais à un autre point
de vue. Ce n'est pas pour *m'amollir* que j'y
entre, mais pour me retremper, m'amoindrir (si je peux me servir de cette expression), retourner par la pensée vers mes origines naturelles.

Le temple catholique, dans nos moindres
villes, a trop de luxe ; le temple protestant
trop de raideur. Sous les voûtes de l'un, la
recherche coûteuse partout, le confort scan-
daleux, l'élégance qui reluit ; sur les murs
de l'autre, une froideur voulue, une nudité
rechignée.

Entre les deux types modernes de la maison de Dieu, l'humble et vieille église de village qui dresse vers le ciel son modeste clocher à girouette, qui appuie fortement en terre, une terre engraissée par la sueur de plusieurs générations de pauvres, sa base d'ordre roman ou gothique, est ma préférée. Celle-là n'a pas de bruyant carillon, de sonnerie compliquée, d'horloge savante ; une bonne grosse corde pend à sa maîtresse poutre, qui sert à agiter la vieille cloche. Et, de bien loin à travers champs, par les espaces cultivés, au fond des grands bois tranquilles, sur la lisière des chemins creux, on entend son « ding ! ding ! don !.... » que le vent balance, qu'il jette dans l'air vibrant par envolées joyeuses ou lourdes retombées du son, selon qu'il annonce aux bonnes gens la joie des noces, la naissance du petit enfant, et l'agonie, hélas ! ou la mort.

La tradition habite au fond des pierres rongées par la mousse ; la pierre fut pendant bien longtemps le seul livre d'histoire du paysan. Des siècles durant, l'homme des campagnes, l'être opprimé, celui qui donna lieu au superbe et terrifiant morceau de Labruyère, le *Serf*, corvéable et taillable, a poussé sur le parvis des églises son patient et douloureux cri d'espérance, y a vécu les pesantes heures de l'office, l'œil attaché de loin sur la croix du sanctuaire, sur la croix, instrument de supplice, où malgré ses deux maîtres d'alors, le Seigneur et le Curé, gisaient pour lui dans le sang d'un martyr-frère des promesses réparatrices !

Tout le passé de ma race, à moi, a gémi là, sur l'antique pavé des pauvres églises, l'a lavé de ses larmes !!....

Aussi, mon émotion n'est pas la tienne ; où tu t'amollis, je me retrempe. Ta poésie

9

malsaine, je l'appelle un état hystérique de l'esprit et du cœur. Ce que tu demandes au lieu saint de ton village, à ses voûtes rustiques, c'est la satisfaction d'une fausse sentimentalité, l'alliance monstrueuse du désir adultère avec l'élancement religieux !...

Voilà pourquoi je t'accuse, pourquoi je te cite à la barre de mon amitié.

Berthe, tout se tient en ce monde, l'amollissement du cœur, celui du cerveau, conduisent au relâchement des mœurs ; et je prétends que la distance est courte, de ta sensibilité maladive (qui se vient exercer en chapelle), à la confession de madame d'Haucourt !...

Ne te récrie pas, je prouve :

Le vicomte revient, son retour allège ton mal !... La présence d'un mari vous gêne, vous fuyez ensemble le Pierreux ; et, dans l'ombre protectrice d'une église, dans sa solitude assombrie, vous échangez de muets aveux !!

Hier, tu te révoltais contre le jugement de ta mère, aujourd'hui tu le motives ; et te crois en droit de légitime défense parce que M. de Chartrois trahit ses devoirs ! — Mais cette vengeance rapide, cette brusque défection de ton honneur, tu ne les passerais point à la dernière de tes servantes, pourquoi te les permets-tu donc ??

Le *privilège*, auquel vous croyez encore, que vous transportez dans la *coterie* parce que nous le chassons du corps social, voilà ce qui vous détruit et ce qui vous tue... ce qui fait de vous, pour la plupart, des êtres d'apparence : superstitieux sans religion, et comme-il-faut sans vertu.

Nous autres, qui marchons avec le temps, qui avons le sentiment d'une vraie équité, et qui, pour cela, cherchons de plus en plus à rejeter tout un bagage d'erreurs, nous ne comprenons pas que ce qui s'appelle le *mal*, pour les uns, soit peccadille ou de bonne guerre, pour les autres.

Et le mal pourtant, a ses différences, ses degrés, ses conséquences relatives ; je n'admettrai jamais que tu pèches au même titre que ton mari : ce qui est faute, pour lui, est crime, pour toi. Ses conditions physiques, ma chère, sont là qui te condamnent. Te crois-tu par hasard bâtie comme M. de Chartrois ?....

Basta ! (dirait mon frère le spahi). *L'amant* est imminent pour toi ; ne te leurre pas du fol espoir que je te le passe ! — Non, non, je commence par anathématiser ton vicomte ; et, si j'étais à la place du bon vieux Christ peint de la petite église du Pierreux, je lui ferais une fière grimace à ce beau-fils, je lui donnerais de mon poing sur le nez, pour lui apprendre à détourner mon évangile de son sens, à s'en approprier les paroles, à te souffler des yeux dans le dos, de son coin près du bénitier, cette phrase terriblement significative en ton cas : *Venez à moi vous qui êtes chargé, et je vous soulagerai!...*

Laisse faire, laisse faire ton Georges ; sois assez lâche, assez bêbette, pour lui tomber pâmée dans le gilet, et tu m'en diras des nouvelles ! Ce sera le moyen de passer à la postérité par exemple... du moins tes charmes ! On t'appréciera beaucoup au Jockey ; et, bientôt, l'embarras y sera grand pour dire laquelle des deux a plus de sang : de madame de Chartrois, au vicomte, ou de sa jument bai?....

Pure, enfin, malheureuse, ton lit t'appartient ; il est sacré, inviolable. — Souillée?.... ose donc le défendre à ton mari ? Je t'en défie !

Si tu devenais mère ?.... Ah ! la pensée s'effare à présumer de telles choses. Combien de tes pareilles vont le front haut, le cœur ferme, qui créent l'erreur pour l'enfant !

Tiens, c'est au point que j'ai peur de t'avoir trop malmenée ; tu vas tout me cacher à présent, agir sans moi... Berthe, ma petite Berthe, je t'en conjure, arrête-toi... Va-t'en, plutôt que de céder ! Simule un voyage, viens chez nous, tu verras Pierre, nous lui demanderons un bon conseil pour exterminer la d'Haucourt... Dieu me pardonne, je ne sais plus ce que je dis, je m'épeure, ma pauvre chérie, je perds la tête, mais le cœur y est !... Aie confiance, va, je crie fort, et je ne mange personne. Dans tous les cas, *toute à toi*, et toujours.

Ton URSULE.

Berthe de Chartrois à Ursule Leblanc.

Tu as bien fait de t'y reprendre, ma chère, sans quoi je te faussais compagnie, aussi vrai que je m'appelle marquise de Chartrois.

Ah ! mes bons démocrates, amants jurés des libertés publiques, c'est ainsi que vous houspillez le monde quand il ne pense pas comme vous?.... Et de ci, et de là, des insinuations à n'en plus finir, des réprobations à n'en plus sortir !

Avant tout, qui t'a dit que je fusse près de ma chute ? Es-tu si chancelante toi-même que

tu ne puisses croire à la solidité d'autrui ?
Ce pauvre Georges, comme tu l'arranges !....
Et dans le moment même. où ton infâme
gouvernement lui refuse ce à quoi il a tant
de droits ! Es-tu contente, mauvais cœur ?

Moi, je ne le suis pas... Crie, tempête,
fulmine, mon sentiment n'en a cure; tu ne
peux l'amoindrir, ni le changer.

Vois-tu, chérie, c'est toujours un tort de
dépasser le but. Tes premières lettres m'ont
ébranlée, je l'avoue ; un bon quart d'heure, je
crus sur ton dire à la déchéance de ma race...
Grâce à Dieu, la logique du vicomte a remis
mon cerveau d'aplomb ; les hommes de sport
ont du bon, parce qu'ils expérimentent sur
le vif. Et, de leur préoccupation favorite, je
tire aisément l'exemple propre à détruire tes
raisonnements subversifs, à couler à fond
tes remontrances égalitaires; il serait si facile de te réduire à rien !... Mais, ce sera pour

une autre lettre ; aujourd'hui, le temps me presse.

Au revoir, au revoir, je t'embrasse bien, ma chérie, et je te proclame la petite républicaine la plus drôle des quatre-vingt-six départements ! — En vérité, tu parles des choses de ce monde, et de la vie, comme une aveugle des couleurs.

Ta sincère amie,

BERTHE DE CHARTROIS.

Ursule Leblanc à Berthe de Chartrois.

Oui dà, je suis aveugle ?.... c'est peut-être parce que la *vérité* qui t'entoure m'a crevé les yeux ?

Ah ! ma bonne petite, tu peux t'amuser de moi, jamais tu n'arriveras à la hauteur de gaîté que me procure l'affriolante perspective de ta preuve sociologique !... (c'est un mot nouveau, ne t'effraie pas) tirée des préoccupations du *Jockey*.

Ne me fais pas languir, j'ai l'eau à la bouche ; sois bonne, divulgue-moi le grand se-

cret des mondes passés et à venir !.... Les
paupières me démangent, chérie, parle !....
que je recouvre la vue ! !

A toi,

URSULE LEBLANC.

Berthe de Chartrois à Ursule Leblanc.

J'irai droit au but, ma chère, et n'aurai pas besoin d'un mot nouveau pour te river ton clou ; te prouver, à la fin, qu'il est aussi maladroit de me comparer à la dernière de mes servantes, qu'illogique de me vouloir en quoi que ce soit sa pareille. — Le niveau de la morale s'élève ou s'abaisse, selon qu'il passe sur des fronts plus ou moins bas. Le mien n'est pas de ceux qui se courbent. Où la dernière de mes servantes s'accroupit, je me redresse !.... Ce qui la réduit, ce qui la soumet, me révolte !.... Où sa résignation

s'exerce, mon indignation à moi, fille de
race, à moi marquise de Chartrois née de
Champerreux, menace et se venge.

OEil pour œil, dent pour dent, la loi du
talion est mon droit ; et je l'applique à mes
égaux du sommet de l'échelle. Je n'ai d'indulgence, de pitié, que pour les êtres des
dégrés inférieurs.

Médite l'exemple suivant (une preuve *sociologique*), qui te confond.

Cheval de labour et pur sang correspon-
dent exactement, en tant que types d'animaux, aux deux types extrêmes de la race
humaine ! — Avec un organisme originel,
commun à tous deux, ne voyons-nous pas que
l'œuvre du temps, l'*élevage*, a considérable-
ment modifié les conditions physiques chez
l'un d'eux ?

L'un créverait de santé, où l'autre seulement se maintient.

L'un, bête de fatigue, de somme, est dur au mal, vaillant à la peine, partage et supporte le labeur du paysan qu'il aide en ses rudes travaux, traînant avec lui le chariot pesant, menant la charrue tranchante, sur un sol pierreux semé d'ornières, ou dans le terreau noir du champ. Avec autant de courage, de patience, de résignation que son compagnon-homme, l'animal-peuple subit sa destinée ; ses besoins sont grossiers, facilement satisfaits. Que la bise le cingle, que le soleil le brûle, il ne demande le repos qu'à la nuit, n'exige qu'un peu de paille au retour du travail, son coin dans l'étable, et de l'avoine, quand le maître en a !...

L'autre, le *pur sang*, cheval de luxe ou de course, qui s'élève en vue du perfectionnement de la race, réclame des soins minutieux, une hygiène savante. A lui, l'écurie-type, les vastes boxes, la litière choisie, la chaude laine après la sueur, l'éponge onctueuse, le crin trié de l'étrille, et l'avoine de qualité. C'est pour son sabot plus fin, pour sa jambe nerveuse, que la route se déroule unie à perte de vue, que le pavé s'aligne correct. Le palefrenier qui le sert, l'approche avec déférence, le cocher qui l'attelle, respecte ses allures, le jockey qui le monte, l'aime !.. et se dévoue souvent à la mort pour lutter, pour vaincre avec lui.

En hommes comme en chevaux, la distance est visible, la différence bien tranchée ; deux races : la *race serve* et la *race maîtresse*. Entasse utopies sur utopies, doctrines sur doctrines, arguments sur arguments, couche-les noir sur blanc, réunis le tout en volume, tu n'en seras pas plus avancée.

Ma chère, à qui feras-tu croire que Margoton, la gardeuse d'oies, est ma semblable ?...

Puisque vous ne pouvez faire que *nous* ne
soyons pas, acceptez-nous ! le bon sens
vous le commande. Ne nous jalousez plus
nos titres, ils sont notre légitime propriété.
Ce furent nos pères, premiers conquérants
et défenseurs du sol, qui les ramassèrent
dans le sang sur les champs de bataille de
l'univers, tandis que les autres, leurs vas-
saux, la *plèbe*, ensemençaient et labouraient
la terre. Achetés au péril de la vie, nos pri-
vilèges, contre lesquels tu t'élèves tant, firent
la France grande et glorieuse ; l'histoire de
France est notre ouvrage !...

Nous sommes donc, nous, aristocratie
française, en France, la race accomplie,
perfectionnée et supérieure. En quoi la res-
ponsabilité de l'infériorité des basses classes,
ou de leur ignorance, pourrait-elle nous in-
comber ?

Ma mère a raison, une femme de mon

bord ne se conduit pas comme madame Blaiseau !... — La forme du jugement maternel a pu me déplaire, dans un moment où ma blessure saignait encore ; aujourd'hui qu'elle se cicatrise, le fond de ce jugement m'apparaît ce qu'il est : la conséquence logique d'une situation spéciale.

Crois-moi, chère Ursule, renonce une fois pour toutes à me convertir ; et, sur ce sujet, brisons-là.

A toi, chère mignonne, et sans nulle rancune.

Ta dévouée amie,

BERTHE DE CHARTROIS.

10.

Ursule Leblanc à Berthe de Chartrois.

Briser là, oh ! que non ; j'étranglerais à vouloir me taire. Un dernier mot, bonne petite :

Je me souviens que le jugement de ta mère t'indigna, quant à la forme et quant au fond. Tu trouvais votre entourage bête, sa politique folle, et... Mais le vicomte est revenu, ce monsieur t'endoctrine, te prêche, et c'est affaire à lui, je le vois bien !

Alors Pierre, moi, la roture, nous sommes animaux de labour ?... A ce compte-là, tes

pareils et toi, vous êtes nos valets de charrue. — Ou plutôt, le tiers état chevalin, la
bourgeoisie de l'écurie, qu'en fais-tu ?
Rien ?... Peste, comme tu y vas ! Ton parti
y cherche pourtant des recrues.

Cheval de fiacre je suis, ma chère, cheval
de fiacre je te prie de me considérer. Ne
confondons pas les espèces.

Ainsi, ton vicomte et toi, fiers descendants
des hauts barons et seigneurs redoutés de
la vieille France, vous n'avez, pour personnifier la société moderne, qu'une comparaison de bêtes ?... Au fond, cela n'a rien
qui m'étonne.

Mais, puisque vous étiez en train de four-
rager à hotte que veux-tu le champ de la banalité, comment ne vous êtes-vous point
emparé de cette preuve séculaire citée tant
de fois par vos pairs, à l'appui des plus mi-
rifiques raisonnements : *le pied, la main*, si-

gnes certains du plus ou moins d'aristocratie
de la race?... — Je vous vois venir, coquins
que vous êtes, votre omission fut volontaire.

Car, en ces *extrémités* où vous vous débattez
depuis 89, les *vôtres* (pardonne-moi ce mauvais jeu de mots) se sont sensiblement mo-
difiées ; *celles* du peuple, terriblement affi-
nées. Les intelligences, seules, de votre
côté, sont restées stationnaires... Nombre
de mes égales aujourd'hui ont des pieds,
des mains de duchesse ; tu mettrais mes
gants, et je ne sais ce qui me retient de t'envoyer par la poste les bottes de mon tendre
époux.

Pauvre mignonne, comme elle s'est don-
née du mal pour mettre son raisonnement
sur ses pattes !... le formuler, et me prouver
que la Margoton n'est pas sa pareille !

Continuerai-je à l'attrister en lui démon-
trant qu'elle se trompe ?... Eh ! non, la ché-

ie n'est pas de taille : A vaincre sans péril,
e triompherais sans gloire.

Oui, oui, ma belle, ton préjugé n'est pas
méchant, va ; et si je remonte à sa source, il
est logique, même ; étant donné qu'en tout
tat primitif, barbare, la force brutale prime
e droit. — Or, quelles jolies brutes étaient
messieurs tes premiers aïeux !... Tu ferais
une fière grimace à les voir défiler aujour-
d'hui devant toi, et l'on peut te féliciter que
cette longue filière de châtelains pillards,
bandits du mont et du val, se perde dans la
nuit des temps.

La Margoton ?... Hé ! hé !... Beaucoup de
es ancêtres en ont tâté, y sont revenus. Le
droit du seigneur, que je sache, ne les a
amais dégoûtés !

Mais, j'admets un moment votre supériorité
acquise, votre perfectionnement achevé ;
qu'en fîtes-vous dans le passé ? qu'en feriez-

vous même aujourd'hui ?... L'usage le plus
blâmable, le plus inique entre tous. Amon-
celeurs de ténèbres pareils à ces castes religieuses de l'Inde qui confisquent la vérité à
leur profit, et dispensent l'erreur à la masse,
dans le passé, dans le présent, toujours on
vous vit, on vous voit, champions de l'ignorance et du mensonge, nuit vivante !... étroi-
tement unis à ceux qui tendirent, qui tendent
un voile entre la lumière et l'homme. Quand
par le fer, le feu, les supplices variés, vous
nous torturiez, nous, les porte-flambeaux
de l'esprit humain, d'un bras jamais vaincu,
à travers mille dangers, nous entretenions
la flamme sacrée, nous projetions des lueurs
sur le monde !...

L'humanité moderne est notre œuvre,
œuvre patiente, œuvre sanglante. Tu parles
de sang ? Et le nôtre !!

Les tiens l'ont prodigué pour asseoir leurs

moindres conquêtes ; répandu, chaque fois qu'il a fallu payer de ce prix leur vaine gloire.

Si je t'accorde que vous fûtes un temps, ici-bas, la grosse pièce d'or dont nous n'étions que la monnaie, incline-toi maintenant devant le fait accompli. Salue en nous (tes égaux, quoi que tu en dises), en nous la roture, le peuple, la force innombrable du *sou!!*

Certes, il fut une heure où de grands hommes vécurent parmi vous ; ils eurent des vertus de caste, nées de l'orgueil peut-être et nourries par lui, mais qui les aidèrent à accomplir de grandes choses. En ce temps-là Montaigne écrivit ses *Essais*, Rabelais créa Pantagruel, Panurge, l'abbaye de Thelème, et le frère Jean des Entomeurres. Vous compreniez alors la pensée de Montaigne, vous écoutiez le rire de Rabelais ! — De ces deux penseurs de génie, aujourd'hui, que feriez-vous ?... sinon des fauteurs de troubles que vous dévoueriez au bûcher !...

En ce temps-là, beaucoup de vos pères ont cru que *noblesse oblige*... — A quoila vôtre vous oblige-t-elle aujourd'hui ?

Dans notre pays de France, où la pensée humaine fouille et travaille incessamment la question sociale, sache-le Berthe, toute aristocratie privilégiée n'est qu'un leurre, un trompe-l'œil, le chaos des plus vulgaires convoitises.

M. Jourdain, qui dansait aux Tuileries sous Louis-Philippe et Napoléon III, revendique à présent ses grandeurs déchues à vos côtés, gentilshommes de vieille souche, combattant soi-disant pour Dieu et le *Roy*. — Mon père, à moi, drapier de père en fils depuis cinquante ans, fut des vôtres, c'est tout dire ! — Et la religion, pour l'amour de laquelle vous menez si grand bruit, est-ce donc l'attaquer que lui demander le respect des lois ?... C'est vous seuls qui dénaturez son caractère primitif, qui déshonorez ses ministres, quand vous la choisissez pour terrain d'une lutte impie, la lutte contre la patrie !... La robe de vos moines n'est plus qu'un vêtement de mère Gigogne, où tous les mécontents, tous les rancuniers des régimes tombés, s'abritent pêle-mêle dans une honteuse promiscuité !... Et dans vos jours de rage ou de plus vive défaite, des feuilles à votre solde, criant « raca » à la terre-patrie, appellent l'étranger à l'aide !!

Honte, honte sur vous, dont les clameurs sont parricides, sur vous, qui préférez Rome à la France, et le retour d'un prétendant à la régénération du pays !...

Mais en voilà assez ; pour sûr, nous allons nous brouiller, je le prévois, je le sens... La paix, chérie, faisons la paix ! — Donne-moi

11

ton cher front, que je le baise; ta chère main, que je la presse.

Malgré l'influence morbide sous laquelle ton cerveau se débat, malgré tes jugements condamnables, il est une réalité indéniable pour moi qui t'ai vue croître bonne et belle : tu es généreuse, compatissante; on t'aveugle, mais tes yeux sont sains.

Ma foi, la politique est besogne masculine, je ne hais rien tant que les femmes d'État, n'en causons plus. Bénissons plutôt la distance qui nous permet au moins de ne pas nous tirer les cheveux.

Embrasse-moi encore, chérie; vite, un baiser, suivi de plusieurs autres!

A toi, du meilleur de moi.

URSULE.

Le Pierreux, 25 août.

Berthe de Chartrois à Ursule Leblanc.

N'en causons plus, mon ange, tu as raison ;
je préfère te conter la scène qui s'est passée
hier, insignifiante en apparence, curieuse en
réalité. Cette scène a complètement perdu
ma cousine dans l'esprit de ma mère, et je
compte sur ton impartialité pour rendre à
chacun de nous, ici, la justice qui lui est due.
L'esprit de solidarité qui anime la démocratie
honnête peut être par nous déploré, nous le
respectons cependant ; et le moins que notre
aristocratie militante lui demande, tout en le

combattant, c'est de le respecter en elle.

Tu sais ce qui nous agite en ce moment : l'enseignement, la conduite de la jeunesse française, seront-ils définitivement enlevés à leurs directeurs naturels, aux représentants de la foi catholique, séculiers et religieux ?...

Par principe immuable d'origine, de race, nous légitimistes, qui acceptons et défendons les legs sacrés du passé, nous nous massons autour du trône, comme nous nous groupons autour de l'autel ; car, pour nous, l'un ne va pas sans l'autre !

Veuille donc me lire avec attention, sans arrière-pensée, sans parti pris ; mets-toi de bonne foi à ma place, ne fût-ce que pour une seconde, et tu sentiras tout ce que l'injustifiable conduite de M. de Chartrois peut m'inspirer désormais de détachement pour lui, et de dédain.

Hier, vers sept heures du soir, nous rentrions du bois, Georges et moi, avec Clara et M. de Chartrois, tous quatre à cheval. Sur la place de l'Église, un paysan nous arrête :

- — Ma foi, M'sieur le marquis, dit-il à mon mari, je m' risque à vous parler; j'avons besoin d'un coup de main du côté de mon gendre.

Ce paysan, ancien fermier de feu mon père, est un vieux brave homme têtu, mais très dévoué à ma famille, quoiqu'avec un brin de mutinerie dans l'esprit.

Le marquis est assez peuple, je l'avoue, au risque de me faire du tort dans ton esprit ; cela va te prévenir en sa faveur !

Il tendit la main au vieillard et le pressa de s'expliquer.

— C'est que c'est pas facile à dire, grommela celui-ci en tournant son bonnet dans ses mains. On assure comme ça, que... cheu vous... tout le monde est enragé contre

11.

not' République?... Et j'aimais pas l'école des
sœurs, moi, parce qu'on n'y apprenait rien
que des cantiques. Pour lors, sauf vot' respect, v'là ma p'tite Jeanne qui marchait dru
pour la lecture, arrêtée court... à cause que
les sœurs sont parties !

— N'avez-vous pas l'institutrice laïque ?
Pourquoi ne lui envoyez-vous pas votre petite fille ?

Claude se méprit au sens malicieux de ces
paroles.

— Oui bien, je l' voudrais ! riposta-t-il au
vicomte, c'est mon gendre qui n' veut pas ;
histoire d'embêter monsieur le maire et de
faire sa cour à vot' maman, M'ame la marquise ! Et pourtant, on la dit joliment fûtée
l'institutrice !... Paraît qu'elle en sait un ru-
ban de queue sur la science ! qu'elle a des
brevets plein son tiroir !... Mais, comment
faire entendre raison à not' homme ? Il ne

sait rien de rien, pas même lire ; et sans sa
femme, ma fille, à qui j'ai fait apprendre
dans les temps, je l'défierais bien de tenir
ses comptes de fermage ! Voyons, M'sieu le
marquis, c'est-y pas vrai qu'il nous faut envoyer nos enfants apprendre ous qu'on
apprend ?... Et que, n' voulant pas faire de
not' Jeanne une religieuse, c'est ben égal
qu' ça soit la remplaçante des sœurs qui y
apprenne à lire et à compter ?...

— Certes ! répond étourdiment mon mari,
beaucoup plus occupé de raffermir en selle
madame d'Haucourt, dont le cheval s'était
désanglé, que de réfléchir à la question qu'on
lui pose.

— Alors, ça va ben ! Parlez à not' homme,
M'sieu le marquis, puisque vous êtes de mon
avis, et baillez-lui un bon conseil !

— Je te le promets.

— J' vas vous l'envoyer ?...

— Quand tu voudras, mon vieux ! Au revoir.

M. de Chartrois remonte à cheval ; puis tout à coup, se frappant le front, il part d'un grand éclat de rire.

— Elle est bien bonne ! s'exclame-t-il, tandis que le vieux Claude s'éloigne au pas de course. J'ai fait le jeu des républicains !

— Oui, lui répond sévèrement le cousin Georges, vous venez de retourner le roi pour eux.

Quant à moi, la surprise, la honte, m'ont rendue muette. Certes, tu sais si je suis payée pour mal penser du marquis ; mais, le croire lâche à ce point d'abandonner ses amis, son parti, pour le gain illusoire d'une vulgaire popularité, cela, non, je ne l'eusse jamais supposé.

Sois juste, que dirais-tu de l'un des vôtres passant à l'ennemi, en pleine lutte ?

Un peu penaud, je crois, malgré sa feinte

assurance, Jacques voulut connaître l'avis de Clara.

— Qu'en pensez-vous ? lui dit-il.

— Rien, répondit celle-ci d'un air las, en secouant les épaules sans détourner la tête, les yeux attachés sur l'horizon qui présentait, d'ailleurs, un aspect saisissant. Le soleil, se couchait au milieu d'une buée d'or et descendait peu à peu sur le fond encore lumineux du ciel, escorté de nuages sanglants.

Nous rentrâmes au château au petit trot, nous devant, eux derrière ; de temps en temps, la voix de mon mari s'élevait railleuse, taquine :

— Avouez que cette couche sanglante du soleil vous attire ?... Il vous faut l'amour d'un dieu, à présent, et sa literie de pourpre ?

A cette question d'un goût plus que révoltant, madame d'Haucourt cingla son cheval et le porta au côté de Georges, qui se trouva

ainsi entre nous deux. Troublé par la brusquerie de ce mouvement, M. d'Ossault
rougit.

Que je lui en voulus de cette rougeur !...
Mais, crois-moi, cette misérable, cause de
tout mal au Pierreux, ne respecte rien ; elle
voit le culte de Georges pour moi, et prétend
m'enlever sa tendresse. Cette fois, je me dé-
fendrai ; et nous verrons bien !

Tu penses que le dîner fut contraint, que
tous quatre nous parlâmes peu ; ma mère le
remarqua et, le soir, me prit à partie dans le
salon.

—Pourquoi fais-tu cette face de carême ?
me demanda maman.

Mon mari s'empressa de répondre, en me
coupant la parole :

— J'aurai commis quelque nouveau
crime ?... dit-il, jouant l'humilité.

Mais Georges, plus à moi que jamais après

son trouble fugitif, sentant combien cette question de ma mère embarrassait ma réserve conjugale, se leva pour venir me baiser les mains ; ce fut hardi, peut-être ?... un époux tel que le mien n'encourage-t-il pas toutes les hardiesses !

— Vous allez vous coucher ? interrogea le marquis, en consultant sa montre d'un air de bonhomie affectée.

— Non pas.

— Vraiment ? C'est que...

D'un œil plein de sarcasme, M. de Chartrois désigna mes deux mains. Puis il se mit à marcher de long en large, en chantonnant.

— Asseyez-vous donc, Chartrois ! dit ma mère choquée de ses façons, et impatientée à la fois. Confessez-nous plutôt votre crime !

— Un crime ? réplique alors madame d'Haucourt, toujours prompte à envenimer

les moindres questions ; Jacques n'en a pas
commis, à moins que Berthe ne lui im-
pute à crime sa promesse de tout à l'heure
au vieux Claude?... Franchement, je donne
raison à mon cousin, ce vieillard est intéressant.

— Vous trouvez ?

Georges mit de la gravité dans le ton de
cette question, tu comprends que madame d'Haucourt s'en égaya comme un
monstre qu'elle est ; cette femme ne croit à
rien, ma chère !

— Mais oui, affirma-t-elle inpudemment.

Si tu avais entendu ce « mais oui ! » Le
dépit, la rage, en doublaient l'expression.

La noire créature s'aperçoit bien que le
vicomte est imprenable, elle enrage, et le
donne en pâture aux plates moqueries du
marquis. Quelle piètre vengeance ! — J'eus le
courage de ne pas souffler le mot, tant qu'ils

disputèrent ensemble, heureuse qu'elle reçût une leçon de *lui*, forte et bonne.

Mon mari ne perdait pas une de leurs paroles, nous en eûmes la preuve, bien qu'il feignît de s'absorber dans les combinaisons d'un petit *taquin* d'ivoire à table d'écaille, présent de son cousin à ma mère.

Toujours effrontée, quoiqu'un peu pâle néanmoins, Clara recevait les semonces de Georges avec des sarcasmes et de lents mouvements d'épaules, plutôt coquets encore que méprisants.

A la fin, ce manège agaça mon seigneur et maître :

— Vous avez de la mémoire ! s'écria-t-il en les interrompant au bon moment où Georges, lutiné par Clara, achevait de conter à ma mère avec beaucoup de tact et de mesure, d'ailleurs, l'incident de la place de l'Église.

12

D'un geste brutal, le marquis lança à la volée le petit jeu du *taquin* sur la table.

Mais M. d'Ossault, loin de s'émouvoir le moins du monde, se mit à le regarder bien en face, et lui repartit d'un accent fort net :

— Mon cher Jacques, il est vrai, je m'étonne encore que vous ayez pu intervenir dans cette question de première importance pour nous, l'enseignement des congréganistes, autrement que pour approuver la résistance de ce paysan aux abus de pouvoir du gouvernement républicain. Le père de la petite Jeanne est dans son droit en refusant d'envoyer sa fille à l'école laïque !...

— On n'a jamais le droit d'être bête.

— Vous appelez l'être, refuser d'obtempérer aux ignobles agissements d'une bande de coquins et de coquines qui osent venir supplanter nos religieux !...

— Ils ne les supplantent pas, mon Dieu, ils les remplacent administrativement, légalement.

— Fort bien, vous êtes un libre penseur, à présent ! s'écria ma mère.

— Dieu m'en garde !

— Et pourquoi donc pas ? releva l'insolente Clara. Les libres penseurs ont du bon ; il y a des hommes d'esprit dans le camp de la libre pensée... Et un peu plus forts que dans le nôtre, je vous en réponds !

C'en fut trop, ma mère se souleva tremblante.

— Clara ! fit-elle avec autorité, ceci passe toutes bornes. Ne comprenez-vous pas que c'est la religion catholique qu'on attaque, en chassant de nos écoles les sœurs, ces saintes filles !...

— Hé ! ma tante, ces saintes filles sauront toujours bien où se caser, allez ! n'ayez nul souci. Enfin, que voulez-vous, je leur garde une rancune d'enfant, moi, à toutes ces béguines... le couvent m'a si peu réussi. Ce qu'il y a de mauvais en moi, je le lui dois !

— L'on vous dit pourtant fort pratiquante, Madame !... Du moins l'abbé Duflot, de Sainte-Clotilde, le prétend.

Enfin, la misérable est touchée !

Elle tressaille à ce trait acéré du vicomte, et se tourne vers lui toute blême.

— Est-il votre confesseur ?... demande-t-elle en traînant la voix.

— Non, Madame ; l'abbé Duflot est un confesseur de femmes... on dit même qu'il ne reçoit en confession que des pénitentes de choix ?

— Ce qu'on vous dit de choses, Monsieur ! Et vous n'avez que deux oreilles !! L'un de ces jours, au retour du roi, nous

vous ferons préfet de police, vous êtes né
pour cela.

Je crus l'incident clos sur cette imperti-
nence, qui ne méritait nulle réponse ; mon
mari ne l'entendit pas ainsi; il avait le confesseur de madame d'Haucourt sur le cœur
et voulut s'en expliquer avec elle.

— Vous vous confessez, Clara? l'interro-
gea-t-il d'un air étrangement anxieux.

— Comme tout le monde !

— Pourquoi faire ?

— Ah ! çà, mais vous perdez l'esprit, Chartrois ! cria maman qui bondit de courroux
entre les bras de son fauteuil.

— Cela m'émeut !… reprit madame d'Haucourt. J'aime les émotions, vous savez…

Penchée vers nous trois avec grâce, elle
affecta de ne regarder que Georges, le marquis et moi. Maman, qu'elle feignait ainsi
d'ignorer, étouffait d'indignation, de colère ;

12.

un instant, je crus qu'elle allait suffoquer.
Mais elle trouva la force de se maîtriser, et
se tournant vers M. de Chartrois fort rouge,
lui demanda assez froidement dans quel
but il comptait triompher de la résistance
de Claude.

— Dans le but de rendre service à l'enfant.
Son père est une brute! répondit grossièrement mon mari.

— Vraiment? Et, que doit-il faire, selon
vous, pour être homme d'esprit?...

— Envoyer sa fille à l'école.

— Bah?...

Clara approuva de la tête et de la voix, de
son coin près d'une fenêtre ouverte où, vo-
luptueusement, elle aspirait l'air de la nuit.
Le propre de cette créature est d'imprimer
un cachet de provocation, d'indécence presque, à ses moindres mouvements. Évidem-
ment, ma mère en fut frappée hier soir,

car elle lui répliqua sur un ton de hauteur
extrême :

— Je n'ai que faire de vos opinions, ma
nièce. Je m'adresse à mon gendre qui, tout
à coup, ment à son origine et déserte sa propre cause.

— La cause des Religeux n'est pas la
mienne ! se récria aussitôt mon mari avec
une violence inouïe. Comme ma cousine, je
les aime peu, et je ne suis pas faux ! Laissez-
moi vous dire aussi, chère maman, qu'un
grand parti politique ne devrait pas faire au
gouvernement une guerre de marmots, avec
des sabres de bois.

— Sabres de bois ! — protesta alors
M. d'Ossault, en se dressant tout pâle.
Jacques lui riposta durement :

— Veuillez vous taire, mon cousin, je n'ai
pas fini. Je veux exprimer à ma belle-mère,
une fois pour toutes, mon opinion sur ce su-

jet... Ayant le droit d'avoir un avis, je suppose; et l'âge de sortir de page!

Ma mère eut un sourire de pitié.

— Oui, chère *belle-maman*, continua mon mari, je le répète, et vous savez que je n'eus jamais de prétention politique, je suis un homme de bon sens, voilà tout. La cause du clergé, la cause des Religieux n'est pas la mienne; ceux-ci nous ont toujours fait Charlemagne, à nous autres légitimistes, chaque fois que, finalement, nous n'avons pas été les plus forts... Aujourd'hui nos compagnons d'armes, hier ils acclamaient l'Empire!... Ce n'est point avec de telles gens que nous ramènerons le peuple à nous; en proclamant tout ce qu'il redoute. « On attente à vos libertés, crions-nous partout aux ouvriers, dans les banquets d'anniversaires, dans les cercles catholiques, comptez sur nous pour vous défendre!... Mais, d'abord, soumettez-vous, acceptez-nous pour vos maîtres légitimes ! » Nos ennemis, eux, prenant fort habilement le contre-pied de toutes nos sottises, saisissent toutes les occasions de dire à ce même peuple : « Nous sommes tes frères, tu es roi!... Viens à nous, nous t'apprendrons les devoirs de ta souveraineté, nous t'allégerons du joug de ceux-ci et de ceux-là !! » Le choix n'est pas douteux. Et voilà pourquoi la démocratie se fonde, chère maman, sur nos ruines, croyez-le bien.

— Jamais de la vie, Madame ! l'interrompit mon noble cousin. Nous n'avons jamais été plus vivants.

Sa chaleur est autrement entraînante que celle de M. de Chartrois.

— Phalange, nous étions hier ; reprend-il avec la fermeté de ton des grandes convictions. Légion, nous sommes aujourd'hui !

— Vous êtes des fous !

— Railler n'est pas prouver ! Écoutez, Jacques, votre langage m'a tout l'air d'une défection... Depuis longtemps j'ai compris notre devoir ; devant l'infamie des républicains, leurs exactions, leurs abus de force, tout bon gentilhomme doit se lever et combattre. Le trône et l'autel ne se séparent pas. Soldats du trône légitime, nous sommes aussi les défenseurs de l'autel outragé ! Quoi... nous nous croiserions les bras, vous de Chartrois, dont les ancêtres eurent droit de haute et basse justice sur toute l'étendue d'une province de France ; moi d'Ossault, dont le grand-père périt au milieu des horreurs de la tourmente révolutionnaire, quand tous les nôtres se dévouent à la lutte suprême?... Quand il ne faut plus qu'un peu de courage et encore un peu moins de patience pour rendre au pays, qui les veut, son roi et sa religion??... Reniant nos origines, nous dirions au passé : « Je t'oublie ! » et nous marcherions avec les ennemis séculaires de tout ordre établi?... notre tolérance coupable férait leur jeu?... Non, non ! Je n'eus jamais une foi bien ardente (nous autres Français nous pratiquons peu), eh bien, sentant mon culte attaqué, j'exagère la pratique, j'exagère ma foi !... A d'autres, les tolérances coupables, les sarcasmes criminels, les abstentions parricides !... Je ne veux que ma part de péril, moi !... Et je n'exige rien de la victoire.

— Pas même une ambassade ?

Ce fut M. de Chartrois qui ricana cela, se croyant très drôle, et n'étant que fort mal appris. Heureusement, Georges dédaigna cette attaque ; son esprit planait alors en de trop hautes sphères pour y prendre garde.

— Ceux qui s'abstiennent parmi nous, les

indifférents, sont nos' pires ennemis, de
grands coupables!... murmura ce vrai gentilhomme, épuisé par son propre élan.

Je crus que mon mari allait se révolter, je
le craignis presque, mais point; il se con-
tenta de plaisanter :

— Allons donc, mon cher, mon absten-
tion vaut votre chaleur, et *vice versa !* Enfin,
pas n'est besoin de vous faire une tête de tri-
bune, pour nous débiter ce tas de jolies rengaînes qu'on dirait empruntées à un article
de M. Saint-Genest !... Tenez, votre plus
grand tort à mes yeux est d'avoir tué *Figaro*.
Ce journal était ma vie, mon cher, il me tenait en joie; vos pareils et vous, l'avez ridiculement costumé !... Que diable, on ne
plante pas le chapeau de Basile sur le front
de l'immortel Barbier ! ! Ayez des journaux si
bon vous semble, mais laissez-nous les nôtres
à nous gens d'esprit !... Et la « légion » qui

était phalange, hier, etc., etc. ? « Le Parti » ?
Ah ! oui, parlons-en, je vous en prie !...

Savez-vous de quoi il me fait l'effet, le
parti ? d'une salade russe ; et notre *faubourg*,
du saladier : Dans le fond, un bon gros lit de
pommes de terre soigneusement taillées au
moule, par dessus des légumes plus fins,
pointes d'asperges, haricots verts, petits pois
et carottes nouvelles. Et, tout en haut, déco-
rant le mets, le parfumant, une fine saupou-
drée de truffes.... Saluez, mesdames et messieurs, ces truffes-là c'est-nous mêmes ! Les
petits pois et les pointes d'asperges sont la
mêlée des bonapartistes *fort chic ;* quant aux
carottes nouvelles, plus tendres de ton, cor-
rectement coupées, elles vous ont des faux
airs de doctrinaires rasés de près, d'orléa-
nistes très cravatés... Le bon gros lit de
pommes de terre m'attendrit. Honneur aux
marchands de bonnets de coton nos alliés !

13

Ils paient, nous les méprisons, mais ce sont
de braves gens !!... Enfin, si pour relever ce
mets étrange, cette salade humaine, en ac-
centuer un peu le goût, l'un de nos *chefs*
consent parfois à y ajouter le piment ou
le poivre rouge d'un républicain décavé,
homme d'État de la veille, transfuge du
lendemain, ministre sans *condition*, n'en ac-
cusez que la démangeaison de parole qui
nous tient tous ; il faut bien des orateurs au
parti !

La respiration manquant fort heureusement au marquis, maman en profita pour interrompre sa harangue, lui déclarer qu'il
n'avait pas le sens commun, et que, sa *salade*,
elle ne la digérerait jamais. Sur quoi, madame d'Haucourt s'exclama avec un mauvais
goût achevé que « *digérerait* » était un mot.

Les lampes, que nos gens aux écoutes
avaient oublié de remonter, s'éteignirent

toutes à la fois ; une odeur nauséabonde se répandit dans le salon.

— Sauve qui peut! cria Clara en passant devant nous. Votre politique empeste, je la fuis!...

Nous entendîmes le pas de mon mari se mêler au froufrou de sa robe ; et quand on rapporta les lampes, nous regardâmes les deux places vides avec une amère tristesse.

Ma mère, excessivement énervée et émue, tendit les bras au vicomte.

— Mon enfant, je suis une vieille femme, venez m'embrasser! lui dit-elle, vous avez parlé comme un ange.

Maman prit congé de nous avec de tendres caresses. En m'embrassant une dernière fois :

— Sois tranquille, chère enfant, me murmura-t-elle à l'oreille, et pardonne-moi. Me voilà guérie de Clara, et du marquis !

Nous étions seuls, une brise entrait par les fenêtres béantes, jouait sur nos têtes, et remuait doucement les rideaux....

— Ne trouvez-vous pas qu'il fait trop clair ici? me dit-il avec une douceur de voix incroyable. Pauvre amie, quelle dure épreuve vous venez de subir !

Nous sortîmes sur la terrasse, il me soutint respectueusement sous les bras, car j'étais faible ; nous arrivâmes à cette même place où Jacques et Clara, quelques mois auparavant.... Mais une sourde angoisse m'étreignit, un frisson de peur m'agita, *il* en fut douloureusement surpris.

— Que pouvez-vous craindre près de moi? me demanda cet homme sublime, d'un accent brisé qui m'émut jusqu'aux larmes. N'avez-vous plus confiance en *Lui*?

D'un regard inspiré, Georges montra le ciel.

— Calmez-vous, reprit-il, vous êtes en sûreté. Je vous aime, certes oui ; mais je ne
vous veux que respectable et respectée. Ac-
ceptez-donc mon amour, chère Berthe,
comme le pur encens d'un sacrifice volontaire.... A vous, sans rien attendre, ni rien
demander. Et pour toute la vie !

Il tomba à mes genoux.

Ah ! mon amie, la parole est inhabile à
exprimer certaines émotions, je crus que
mon cœur allait se fendre ! Être aimée d'un
tel homme, Ursule, c'est l'idéal, c'est le
rêve... Puisse le souffrant intérêt que je
porte encore à M. de Chartrois, s'abîmer à
jamais dans l'océan de joie où je nage ! Je
vis, seulement depuis hier soir ; d'une vie bien
plus haute et meilleure que celle que je
traînai jusqu'ici, je me sens portée par une
force ascendante qui me permet d'envisager
avec ivresse les résignations héroïques, les

13.

combats suprêmes!... L'œuvre du parti que
je sers, auquel j'appartiens par droit de naissance, m'apparaissait naguère vaine et folle,
tu t'en souviens?... Georges a parlé, et des
flots de clarté m'inondent!... et, nouvelle
Polyeucte, je comprends, je vois, je sais!!

Que n'ai-je compris, que n'ai-je vu, que
n'ai-je su plus tôt ! — Je ne t'eusse pas écrit
ces premières lettres dont le souvenir m'obsède, que je réprouve, et que je te prie
d'oublier.

A toi, mon Ursule, et de toute mon âme.

BERTHE.

Saint-Germain, 28 août

Ursule Leblanc à Berthe de Chartrois

Je crois, ma chère amie, que nous n'avons plus rien à nous dire ; tu me parais décidée à faire le grand saut, et je suis résolue, moi, à te rompre en visière après cela.

Que M. de Chartrois soit coupable, nul plus que moi ne l'a jamais pensé. Et pourtant, ta conduite présente l'absout ; parce qu'il n'y a qu'un moyen d'être honnête femme, ce dont tu ne sembles pas te douter !

Enfin, ton mari a du bon sens, ton petit vicomte est bête comme un pot. — Or, je vois

clair maintenant au fond de tes déboires conjugaux ; trop de fleurs, ma chère, trop de
fleurs ! C'est à quoi le marquis se dérobe....

Prétendre pour cela que madame d'Haucourt est pâture saine, serait injuste ; je ne
le prétends point ; mais en somme, elle a de
l'esprit, de l'originalité, du trait, et vous êtes
tous, à côté, rengaînes comme un solde de
vieilles guitares. — A ta place, j'eusse été
trouver cette femme, qui se soucie de ton
mari moins que d'une guigne. Qui sait,
peut-être eût-elle accepté un échange ? Tu
lui eusses proposé Georges, elle t'eût sans
doute rendu Jacques ?... Ah ! pardon ma
chère, je m'oublie. Et je te jure cependant
que j'ai nulle envie de rire.

Or, tu vas t'écrier : J'en étais sûre, Ursule
soutient Jacques ; c'est l'effet de la *salade !*...
Eh ! oui, parbleu, sa *salade* me plaît ; c'est une
figure bien trouvée, qui peint fort agréable-

ment votre pêle-mêle à mourir de rire. Ensuite, quoique réactionnaire, M. de Chartrois
n'est pas cagot, nous pouvons nous donner
la main. De plus, il est Gaulois, et sous sa
verve endiablée, ne se cache pas le bout d'o-
reille du zouave pontifical.

Ah! comme je m'en fusse accommodée,
moi, de ce Richelieu au petit pied, de ce don
Juan moderne, sans clientèle trop nombreuse
après tout!... — Il m'eût été fidèle, te dis-je,
parce que j'eusse mis du courage, de la per-
sévérance, de l'adresse, où tu n'as apporté,
toi, que lamentations, fureurs et désir de
vengeance hypocrite.

Continue à filer l'amour éthéré, ma mie,
avec ta mauvaise contrefaçon de troubadour-
cavalier, seigneur de La Marche, Epsom et
autres lieux! Fuyez ensemble la tyrannie
d'un époux, allez chercher le bonheur sous
un toit de chaume, au sein des vertes soli-

tudes.... Il y engraissera, le vicomte; toi, tu y laisseras tes os!

Mais en voilà trop, ma chère Berthe; tout à l'heure, je commençais par ces mots : « Nous n'avons plus rien à nous dire ». Et voilà deux pages de noircies.

Adieu, bonne chance, et *casse-cou* dans les chemins de traverse !

URSULE LEBLANC.

Le Pierreux, 30 août.

Berthe de Chartrois à Ursule Leblanc.

En acceptant le congé que tu me donnes,
je veux te dire toute ma pensée :

S'il est vrai que j'eus la niaiserie de beaucoup te confier, il est certain que tu as la naï-
veté de beaucoup trop te permettre avec moi.
Vous autres bourgeois, qui prétendez à nous
faire la leçon, qu'il vous siérait encore de la re-
cevoir de nous ! — La franchise entre amies,
chez nous, n'exclut pas l'honnêteté ; tu as donc
fort judicieusement résolu en m'écrivant ton
adieu. Mes habitudes de langage, de ton,

n'eussent pu plus longtemps frayer avec les tiennes ; et, pour en finir avec ces questions de politique où tu crois exceller, sache que ton patriotisme, hors duquel tu t'imagines qu'il n'y a point de salut, est aussi éloigné du mien, qu'une fortune de parvenu l'est d'un patrimoine héréditaire et séculaire.

Je préfère notre marche lente à vos envolées fantastiques ; d'ailleurs, où les valets deviennent maîtres, l'incurie, le désordre, règnent ! — Regardant sagement en arrière, l'esprit et le cœur lestés par le poids sacré du souvenir, nous voulons la France noble et grande, nous ne l'accepterons jamais dégradée ! !

Adieu.

Ta vieille amie,

BERTHE DE CHARTROIS.

Saint-Germain, 1ᵉʳ septembre.

Ursule Leblanc à Berthe de Chartrois.

Ce qui dégrade une nation, ce qui la tue, c'est l'impuissance qui s'ignore, la vieillesse qui s'abandonne.

Votre France, à vous, l'antique royaume des Lys, n'est plus qu'un monceau de ruines où quelques pans de murs, encore debout sous la moisissure et les herbes folles, se lézardent, croulent de toutes parts!.... C'est la destinée commune à tout ce qui a vécu son temps ici-bas, à tout ce que l'infaillible logi-

14

que de la nature voue fatalement à la dé-
gradation et à la mort !

Adieu ; cette fois, pour tout de bon.

URSULE LEBLANC

Que le lecteur me permette, ici, de prendre la parole, sans pour cela m'accuser du besoin de parler commun à toutes les créatures de mon sexe : je dois expliquer ce qui va suivre, et terminer la série de ces *lettres de femmes* dont je n'ai voulu être que le scrupuleux et modeste compilateur.

A des degrés différents, Ursule et Berthe éprouvèrent le chagrin de l'adieu. La première le ressentit pleinement, la seconde fanfaronna quelques jours, puis s'attrista.

La cessation subite des lettres de madame Leblanc fit un trou dans la vie de la marquise ; elle se prit à réfléchir, et le silence fécond de sa pensée succédant au *cri* de sa plume sur le papier, fut mortel à M. d'Ossault.

N'ayant plus personne à contredire, la jeune femme se prit à étudier son cousin ; et, tout doucement, le vit tomber des hauteurs immatérielles où il avait prétendu se jucher.

Gentilhomme de chair et d'os, le vicomte eut tout à coup grand'faim, pour avoir trop jeûné ; il découvrit aux yeux effrayés de sa belle parente des dents..... oh ! mais des dents, d'une longueur à rendre jaloux son compère le *Loup !* — Elle fut altière, lui brutal. Finalement, Berthe porta plainte à sa mère, qui la traita de sotte !.... Alors, madame de Chartrois se ressouvint de cette sage petite plume, aiguë, fine comme un stylet, dont le bec recélait tant de bon sens, de raison, de droiture, d'honneur !.... Et, tel qu'une larme chaude, ce souvenir en lui coulant sur le cœur, y laissa un sillon brûlant.

Berthe récrivit à Ursule.

Le Pierreux, vendredi, 1 heure du matin, 24 septembre 1880.

Berthe de Chartrois à Ursule Leblanc.

Je n'y mets pas d'amour-propre, je te reviens, ma bien chérie, et je n'essaierai pas de te donner le change. Depuis que tu m'as quittée, je suis seule, toute seule. Reprends-moi!.... Car, en vérité, je perds la tramontane ; et puis, je ne sais rien de rien, tout m'épouvante, tout me révolte... Vous qui savez, petite maman, instruisez-moi, je suis domptée.

Que tu avais raison ! Il n'est pas digne de moi, ce garçon. Son pur amour ?.... Si tu sa-

14.

vais comme il l'entend !... Je le prends en grippe, avec cela, et voudrais lui signifier son congé ; mais comment faire ? — Ah ! ces hommes de cheval, quelle engeance ma-térielle et brute !

Ils vous ont une façon de politiquer avec les femmes dont j'eus bientôt fait de me pri-ver. — Celui-ci ne me quêtait-il pas à tout bout de champ des baisers, pour la plus grande gloire du parti !.. — Je te prie de croire que je ne lui baisai jamais que le front. Mais lui?.. Du front, comme il descendait !.... Et de la main, comme il remontait ! !

Son audace a d'ailleurs provoqué en moi une brusque évolution du cœur et de l'esprit. Tu te souviens que j'étais un peu entichée de ses jérémiades à l'époque où nous cessâmes toute correspondance ?.... Eh ! bien, par un jeu bizarre d'impressions et de sensations, n'est-il pas arrivé que M. d'Ossault a tout à coup commencé de me déplaire, avec une rapidité égale à la crue de son amour ? — Oui, plus il devenait pressant, ardent, téméraire, plus l'image de Jacques se dressait dans ma mémoire, tyrannique, attrayante... C'est affreux, ma chère, j'ai comparé. — Et dame, la comparaison ne fut pas à l'avantage du cousin. Il bredouille, où Jacques parle couramment, je t'en réponds !

Le souvenir des premiers mois de notre union m'a ressaisie tout entière, et je me suis rendue coupable d'une grande lâcheté, que j'expie cruellement.... Je souffre, mon Ursule, et mon désespoir égale mon indignité ! — Je suis allée trouver Clara.

Et tu avais encore raison pour celle-ci, mon amie, Clara n'aime pas mon mari. — Elle ne me veut aucun mal, et m'a beaucoup mieux reçue que ne l'a fait maman; qui n'admet pas qu'on discute Georges d'Ossault, et nous en veut à tous pour un pli de son front.

Clara, entourée d'un nuage de fumée odo-
rante, était en robe de chambre, étendue sur
une chaise longue et fumant d'un air dolent
des cigarettes de tabac turc.

— Que veux-tu, ma petite, m'a-t-elle dit
après m'avoir écoutée, son sourire de sphinx
à la lèvre, je suis une créature vénéneuse ;
et ce n'est pas ma faute. On nous élève si
mal ! on nous rebute si fort ! — Moi, je m'en
rends compte, au moins. Mais toi, mais les
autres, qui vous jugez supérieurs au reste du
monde, quand vous n'allez pas même à la
cheville du dernier homme d'État de ce ré-
gime-ci, vous ne vous en doutez pas du tout.

Si tu savais combien notre parti m'assomme !.... N'était un vieux fonds de respect humain, de préjugé, vermoulu comme
tout le reste de nos principes, je lui ferais
un grand salut, et m'en irais voir au delà

ce qui s'y passe ! — Dépravée ?.... A propre-
ment parler, je crois bien que je ne le suis
pas ! — L'ennui, voilà le grand secret de ma
conduite. J'ai la nostalgie des intelligences,
des nouveautés modernes entrevues en cachette, ici ou là. — Ton mari ?.... Hé mon
Dieu, reprends-le, tu me rendras service.

Ne va pas croire qu'il m'adore, ensuite !
Non, non, c'est un ennuyé comme moi ; un
chercheur à creux, un propre à rien, qui
s'occupe de femmes parce qu'il ne peut plus
faire autre chose.

Que faire, d'ailleurs, en notre milieu fermé,
d'intéressant ou de passionnant, dans le sens
élevé du mot ?... De la politique de marchands
d'images, exhibant à la même vitrine les
figures du comte de Chambord, des princes
d'Orléans, des petits Jérôme ?... Et des can-
cans de sacristie ? — Après ? — Ah ! ça, chère,
crois-tu que ce soit pour notre plaisir, et par

conviction, que nous nous démoralisons de compagnie, Jacques et moi ?... Tous deux, nous avons la même soif d'imprévu, que chacun de nous a cru que l'autre étancherait. — Je suis fixée, pour ma part, et l'homme de mon bord n'aura jamais de quoi me désaltérer !

Mon idéal réside là, et là... Elle se frappa la poitrine et le front pour m'indiquer qu'ils étaient hantés, et reprit avec une sombre énergie : « Mais je crains bien qu'on ne m'enterre avant de le voir apparaître. »

Étrange symptôme de souffrance morale : je sais que cette femme est la maîtresse de mon mari, j'étais venue pour tâcher d'éveiller en elle un remords, pour lui arracher Jacques !.. A peine m'eût-elle adressé la parole, que je sentis ma raison et mon cœur suspendus à ses lèvres. Elle parlait la tête baissée, avec une amertume infinie, en ponctuant

chacune de ses phrases d'un sourire forcé.
Que d'âpre conviction dans son accent ! Que
de science profonde et terrible !

Il y eut un silence où l'on nous eût en-
tendues toutes deux respirer, la fumée de sa
cigarette montait en spirales légères, l'en-
tourait d'une vapeur bleuâtre, je sentis la
tête me tourner.

— Pauvre petite Berthe ! s'écria-t-elle
tout à coup en me saisissant les mains et
m'attirant à son côté. Alors, tu l'aimes bien
ton Jacques ?... C'est drôle !... Moi qui me
figurais que tu aimais l'autre, le vicomte ?..
En vérité, ce n'est pas beau ce que j'ai fait là
de brusquer ainsi la fin de ta lune de miel ! —
Bah ! je pensais : elle fera comme les autres. Un peu plus tôt, un peu plus tard.

Écoute, cela vaudrait mieux peut-être ; ton
mari n'a pas tant de charme !.. J'ai vidé son
cerveau, case par case. A-t-il du cœur ?...

Ma foi, je ne me le suis jamais demandé ; je
ne suis pas allée jusque-là avec lui. J'ai
visé plus haut, à la tête, et j'ai touché juste,
je crois.

Tu m'en veux beaucoup, hein?... Tu as
tort ; une autre aurait moins de franchise,
elle te promettrait de te le rendre et conti-
nuerait de le garder à vue. — Mais, voyons, tu
es ma cadette de dix ans, comment ne t'es-
tu pas mieux défendue ? Tu lui as fait des
reproches, je parie, des scènes ?... tout le
tremblement du désespoir et des larmes ?...
Innocente ! Il fallait au contraire lutter d'en-
train avec moi, encourager Georges carrément, à son nez, à sa barbe. Jacques te serait revenu, son amour-propre excité te l'eût
ramené !

Pour *nos hommes* vois-tu, ma petite, dont
l'existence est vide par principe d'immuable
paresse, de convention routinière, ce n'est

pas tant l'amour qui est nécessaire, l'amour tel que le décrit et l'exprime la poésie du livre, du roman ; mais son ramage bruyant. Et ce je ne sais quoi de tourmenté, de hardi dans l'inexploré de la caresse, frisant le vice de si près que parfois on pourrait confondre, dont la rare personnification féminine est une des formes, — la plus vivante — du parisianisme moderne.

L'intelligence de ces mêmes hommes, frappée d'immobilité dans le domaine de la Science et de l'Art, par la force d'inertie d'un principe ou point d'honneur aveugle et sourd, reste stagnante ; et fait en eux le jeu de la *bête*.

Les uns, ce sont les moins doués, sont gastronomes, et tirent gloire du *savoir-manger !*... Les autres, les supérieurs, ceux dont l'esprit mord le frein, dont la pensée palpite et remue sous l'entrave, se ruent à la dé-

bauche, font de leur vie une saturnale inces-
sante !...

De ceux-là, je suis. Je fus, plutôt, car je
commence à me lasser.

Mais, telle que me voilà, qu'on m'ait
donné une proie saine, qu'on m'ait ouvert à
perte de vue les champs gardés par l'obscurantisme, qu'on ne m'ait point cantonnée
de prime abord en l'étroit domaine des superstitions hypocrites, et j'eusse pris part
avec fougue, avec ivresse, à tout ce qui s'a-
gite en notre grand pays, depuis vingt ans,
d'aspirations larges et de justes tendances !...
Assise au banquet des mâles appétits, je les
eusse servis sans réserve, je serais une autre
femme !!... Pas celle qui vote, assurément,
ni celle qui tue ; mais celle qui aime, qui ré-
conforte, et qui aide !

Veux-tu que je te dévoile le secret de
mon empire sur Jacques ? — Je lui permets

de penser, de parler librement devant moi. Nous sommes compagnons de chaîne, j'ai su me mettre à son pas !

Toi, au sortir de l'église où l'on vous maria, tu as pris avec lui le train d'Italie, et la seconde station te voyait déjà dans ses bras. A l'arrivée, rien de ta beauté virginale ne lui restait plus à connaître ; car vous eûtes pour lit nuptial les coussins poussiéreux d'un wagon !... Tu en as souffert, gémi, mais il est de règle dans notre monde de s'enfuir cacher comme une honte, en un lieu éloigné, la douce lassitude que laisse après elle cette nuit des noces, idéal du bonheur pour les couples heureux..... Et tu as fait comme tout le monde !

Qu'on m'eût permis, à moi, d'épouser l'homme de mes rêves, je te jure bien que ce n'est pas la fumée d'un train qui se serait mêlée à nos premières flammes !!

Au retour à Paris, et dès votre première visite, je vis que tu l'avais gorgé d'amour, qu'il était las, rassasié... Tu ne t'en doutais pas du tout, toi, drapée que tu étais dans ton maladroit orgueil de jeune femme, comme dans un premier cachemire. — Ah ! que ta mère fut coupable !... comme la la mienne, comme toutes les autres ! !

Que t'a-t-elle dit en te remettant aux mains du nouveau maître et seigneur de ta vie ? « Ne t'effraie pas, mignonne, *cela n'est rien !* »

L'action physique, le rapport charnel, voilà sur quoi notre pensée travaille, ce qui l'effare, ce qui l'invite, selon notre tempérament... La faute en est à qui ? à nos répondants naturels. Ils ne nous entretiennent que du devoir passif de la *femme*, à mots couverts, pleins de réticences et de mystères, pour aboutir à nous faire entendre quoi ?... Que le mariage consiste surtout à s'allonger entre deux draps, à côté d'un fiancé de la veille aussi exigeant dans ses désirs, que légèrement vêtu !!...

Qui donc s'avisera de nous dire, à nous, ce que signifie le mot épouse !... Lequel de nos pères aura suffisamment accompli la tâche conjugale pour nous en parler savamment !... Quelle mère, parmi les nôtres, saura se dépouiller assez des préoccupations banales, de la convention routinière, mondaine, pour laisser à la nature, à l'amour, le soin de nous enseigner la nuit de noces ?... Laquelle osera nous parler de fidélité mutuelle, d'union heureusement assortie, de dévoûment commun, inébranlable, borné seulement par la mort ? — Il semble que le bonheur, en ménage, soit le privilège des petites gens.

Femmes du grand monde, femmes de caste, nous formons deux classes distinctes :

15.

les peureuses et les hardies. — Dans la première des deux sont les *honnêtes* ; la seconde
recueille mes semblables. — A vos maris,
femmes honnêtes, nous donnons tout ce que
vous refusez !... Et les naïfs, en voyant tant de
liaisons s'établir entre gens du monde régu-
lier, s'écrient (pour les hommes) : « A quoi
bon une maîtresse ? Une femme du monde
comme la sienne ? »

Non, mes bons amis, c'est une autre. — Ar-
mée de complaisance et de ruse, celle-là ne
fait pas comme la pauvre bête de jeune mariée, de la fréquence du rapport physique
son moyen de domination. Elle tient la dra-
gée haute à celui que sa femme nourrit
trop, comprend l'inanité de ses aspirations,
de ses tendances, en un milieu asphyxiant,
et n'a qu'un but en vue de le conquérir
plus sûrement : l'enlever à la lourde atmos-
phère ambiante, s'enfuir avec lui vers les

régions défendues, explorer l'inconnu, questionner l'infini !

Aussi, quel éblouissement pour les yeux du pauvre mari repu ! quel régal pour ses lèvres ! Il a l'apaisement, sans la satiété.

Et, comme tout ce qui n'est pas *elle* lui devient indifférent !..... L'amant de sa femme?.. Il le tolère, après l'avoir souhaité parfois, même ; car *l'amant*, parmi nous, est aussi inévitable que la *maîtresse ;* c'est une justice à nous rendre, nous sommes toujours à deux de jeu !

Qu'as-tu fait, qu'as-tu tenté de plus que tes pareilles, les *peureuses*, pour retenir ton mari?... — Rien. Et tu te plains ! Tu m'accuses ? — Remercie-moi, au contraire, malheureuse ; je te le garde chez lui, et je ne le ruine pas !! — Pourtant, je veux bien essayer de te le rendre. Mais, ne le perds plus. Sans quoi, ce n'est certes pas moi qui pourrai te le retrouver.

Avoue, Ursule, que cela donne le frisson.
Je suis accablée, anéantie, perdue. Jamais
je ne posséderai la science profonde de cette
femme... Que de fautes j'ai commises !...
Quand je me croyais aimée, quand je pensais que mes caresses contentaient l'amour
de mon Jacques, je me trompais !... Et ce
n'était qu'une confiture douceâtre, écœur-
rante, que mon inhabile tendresse prodi-
guait à son appétit robuste autant que capri-
cieux ; à son appétit qui réclamait, je le sens,
je le vois, l'alimentation la plus attrayante,
la plus variée ! ! — Ah ! le passé ne se revit
pas, je suis perdue, bien perdue. Jamais
Jacques ne me reviendra !

Cette pensée me déchire le cœur. Et
c'est cette femme qui m'apprend à sonder
mon malheur, à le toucher du doigt !... Quelle
humiliation ! Quelle pitié ! — Si tu m'avais vue
devant elle !... J'avais l'air d'une petite fille ;

on eût dit que c'était moi la coupable, elle, le juge... Et toutes ses paroles me sont entrées dans l'âme, incisives, tranchantes, comme des lames de couteaux. Je l'ai interrompue à la fin par un cri de rage ; je me suis enfuie de chez elle comme une folle... Et puis, je me suis mise à t'écrire, j'ai déchiré trois lettres, — ma sotte fierté refusait de se rendre — je m'y suis reprise à dix fois. Que faire ?... J'ai envie de me tuer !... Ou bien, si je me sauvais ?... Je passerais pour morte !... Je peux aller trouver ma tante, encore, la Carmélite ?... m'enterrer vive à ses côtés... Et l'oubli se fera sur moi ! Toi seule tu sauras que j'existe ; eux, me croiront noyée. Tu viendras me voir !... tu m'amèneras l'enfant !... Ah ! si j'avais un petit enfant !!

Adieu, les larmes m'étouffent.

A toi, rien qu'à toi.

BERTHE.

Ursule Leblanc à Berthe de Chartrois.

Eh ! non, ma bien-aimée, rien n'est perdu. Ne t'abandonne pas, va, lutte encore ! Le péril est grand, mais tu *dois* vaincre ; parce que tu es la vérité et le bien.

Cette femme terrible, mais sincère, est le fruit empoisonné de votre fausse culture, un élément de corruption. Telle que la mouche brillante née de la décomposition des corps organiques et qui porte la mort sous ses ailes, elle a l'éclat, le scintillant, et ne peut

opposer qu'un *virus* au mal très guérissable
dont tu souffres.

Va trouver ton mari ; sans fausse honte,
sans pudeur timide. Montre-lui l'état de ton
cœur, dis-lui les aveux de Clara (elle ne te
démentira pas), implore-le, s'il le faut... il
est impossible que ton désespoir ne triomphe
pas de sa folie !

Écris-moi tous les jours, ma bien-aimée,
compte sur mon dévouement sans bornes,
aie grand courage, j'ai bon espoir !... Ah !
mon Dieu, si pareille chose m'arrivait, si
Pierre me trompait, j'en mourrais, vois-tu,
j'en suis sûre !... Non, je n'en mourrais pas,
ce n'est pas vrai... je suis une bête ; on ne
meurt pas de chagrin.

De toutes les forces de mon cœur, à toi,
ma pauvre chérie, toute à toi.

Ursule.

Le Pierreux, 29 septembre.

Berthe de Chartrois à Ursule Leblanc.

Aller le trouver, lui ? ... Jamais ! Je préfère la fuite, la mort, à l'abaissement d'un tel acte.

Attends-moi, j'ai résolu d'en finir; ma femme de chambre est dans le secret. Chaque jour, je cherche un moment propice pour quitter Le Pierreux ; car, entre le vicomte qui s'acharne, Clara qui raille, et maman qui boude, je sens ma raison chanceler... Qui sait, je finirais peut-être par prendre cet homme, comme on prend de l'opium, pour engourdir ma douleur !

Je reçois la réponse de ma tante...

Elle m'écrit : « que Dieu se sert parfois du démon pour triompher de l'âme fervente, que la trahison de Jacques est l'épreuve mystérieuse d'où ma foi devait sortir purifiée... » Elle m'attend enfin ! — Je partirai demain, sans remise, et je passerai par Saint-Germain. Je veux t'embrasser, te voir encore une fois avant de m'ensevelir vivante dans le silence éternel du cloître... Va, mon Ursule, j'ai choisi la meilleure issue en repoussant sur moi les portes de la vie !... Jésus, le divin époux, me rendra tout ce que j'ai perdu... En lui seul est l'amour... Lui seul satisfait toute ardeur !... Que son cœur sacré me reçoive et me console ! !

Je me sens plus calme, après ma résolution prise ; j'envisage déjà les choses de la

16

terre comme les effets décroissants d'un orage lointain. .

A toi,

BERTHE DE CHARTROIS.

Pierre Leblanc au marquis de Chartrois.

Monsieur,

Vous ne me connaissez pas, je ne vous ai jamais vu, je ne me souviens qu'imparfaitement du visage de la marquise de Chartrois, que je n'ai fait qu'entrevoir à la sacristie de Saint-Germain des Prés, le jour de mon mariage. Et pourtant je n'hésite pas à vous adresser les lettres de votre femme à la mienne.

Madame de Chartrois, pour une cause que

je ne me permets pas d'approfondir, a cru devoir écrire à madame Leblanc, son ancienne amie de couvent. La correspondance de ces dames s'égare : ma femme s'effraye, la vôtre s'exalte ; il me paraît urgent, Monsieur, que nous intervenions.

Vous trouverez la dernière lettre de la marquise, celle qui porta madame Leblanc à me demander aide et secours, en tête du paquet ci-joint.

Lisez, Monsieur, voyez la situation, jugez-la, comme c'est votre devoir et votre droit. En tout ceci, j'en suis sûr, vous prendrez la résolution qui convient.

Si ma démarche a de quoi vous surprendre, excusez-la, Monsieur. Elle est l'appel courageux d'un homme d'honneur à un autre homme d'honneur comme lui.

PIERRE LEBLANC.

Le Pierreux, 4 octobre.

Le marquis de Chartrois à Pierre Leblanc.

En effet, Monsieur, vous êtes un homme d'honneur ; et vous avez, de plus, le cœur plein d'esprit.

Ce que vous venez d'accomplir est un comble en l'art du *bien-faire :* grâce à vous, j'ai fait la connaissance de ma femme, qui m'était inconnue, et je suis enchanté d'elle.

La pauvre enfant ! Quand je songe à l'étendue de mes torts, à la sincérité de sa douleur, pour un peu je me ferais sauter la cervelle!... Oui, Monsieur, je le ferais comme je

16.

vous l'écris. Et si je m'épargne, c'est réellement pour ne pas augmenter son chagrin ; puisqu'elle a le mauvais goût de tenir à moi.

Mais l'admirable femme que la vôtre, Monsieur, c'est une perle ! — Que de vertu attrayante et vive ! de forte raison ! Cependant, telle qu'elle est, je ne vous l'envie point. « J'aime mieux ma mie au gué ! J'aime mieux ma mie ! » Il me paraît inutile, après cela, de vous faire ma profession de foi : je suis légitimiste, et je me tire d'affaire en ce cas épineux avec un refrain du roi Henri.

Oui, je me suis enfermé pour lire les lettres *de nos femmes* (j'avais exigé qu'on me remît celles de madame Ursule), et, la dernière feuille tournée, j'ai versé ma larme, Monsieur, je n'en ai pas honte. L'émotion m'étranglait ! — Ce qui s'en est suivi?... vous le devinez bien. D'ailleurs, pourquoi vous le cacherais-je ? Vous le sauriez toujours tôt ou tard par madame Lèblanc, à qui Berthe va l'écrire.

Ah ! çà, je fais triste figure, moi, au milieu de vous trois ! Comment vous prouver ma gratitude, à vous d'abord, à madame Ursule ensuite ?... Bah ! je n'écrirai pas que je désire vous rendre la pareille, ce serait vous souhaiter chicane !

Enfin, disposez de moi, Monsieur, je serai toujours sérieusement heureux de vous servir; et je compte sur madame Leblanc, cet hiver, pour me perfectionner ma petite Berthe. Une femme, quel que soit son mérite, ne peut qu'acquérir dans l'intimité de la vôtre.

Je vous remercie cordialement, Monsieur.

Tout à vous.

JACQUES DE CHARTROIS.

Que madame Leblanc me permette de lui baiser les deux mains.

Berthe de Chartrois à Ursule Leblanc.

Ah ! mon amie ! Ah ! mon amie ! Ils se sont battus ce matin, dans le petit bois réservé au bout du parc. Un brancard porté par deux de nos gardes a rapporté M. d'Ossault tout saignant, et geignant à fendre le cœur. De grand mal, il n'y en a point, Dieu merci, Jacques n'a fait que lui trouer le flanc ; d'un grand coup droit par exemple, le marquis est un des premiers fleurets du monde !

Notre docteur, dont la discrétion n'a pu tenir devant mes charmes, et qui posa le

premier appareil sur le lieu même du combat, raconte que Jacques en touchant le vicomte lui adressa cette raillerie sanglante :
« Cousin, je suis forcé de vous endommager
le bras droit... pour vous ôter l'envie d'écrire
des sonnets à ma femme. »

Et voilà.

Quel événement ! — Maman jette les hauts
cris, entre les quatre murs du blessé bien
entendu, dont elle ne quitte pas le chevet ;
on donne à la blessure du cousin la couleur
d'un accident de chasse.

Nous nous sommes rencontrés sur l'escalier... *lui* le montant, moi le descendant... je
suis tombée dans ses bras comme une
masse ! On venait de m'apprendre le duel :

— Tu n'as rien ? ai-je crié en m'abandon-
nant sur son cœur.

— Égoïste ! m'a-t-il répondu, et nos lèvres se sont unies.

Il a exigé que je lui remisse tes lettres, je les lui ai livrées en tremblant. Pardonne-le-moi, chérie, j'étais incapable alors de lui rien refuser.

Je me suis enfuie après au fond du parc, folle de joie, mais une crainte au cœur: « S'il allait supposer que cet imbécile de vicomte me plaît !... — Deux heures se sont écoulées, puis trois ; je me suis rapprochée du château à pas lents, dévorant des yeux de loin les allées et venues des gens de service : « Seigneur, faites qu'il ne me prenne pas en haine ! qu'il ne soupçonne pas ma fidélité. » répétais-je en moi-même, tandis que Jacques me cherchait, me demandait à tous les échos... — Il m'aperçut enfin, plus morte que vive, au fond d'un cabinet de verdure où je tremblais la fièvre.

Ah ! mon Ursule, comme il m'aime!... Il n'a jamais aimé que moi ! !

Cette femme ? cette Clara ?... Une distraction, ma chère, rien de sérieux, je me trompais. Les apparences sont contre lui ; mais, au fond de tout cela, il n'y avait qu'un homme ennuyé de mes éternelles élégies. J'ai dû le fatiguer, aussi, j'étais si niaise ! si inexpérimentée ! Ah bien, maintenant nous allons rire !... rire aux larmes, car nous avons déjà pleuré ; comme deux bêtes, en nous embrassant comme des fous.

La d'Haucourt est partie hier soir, te l'ai-je dit ? — Sans tambour ni trompette, cette fort *honneste* dame a quitté le Pierreux.

Et maman ? Maman grogne. — Elle n'a jamais admis que je cédasse à Georges d'Ossault ; il est visible pourtant qu'elle est furieuse de sa déconfiture, et de mon raccommodement avec Jacques.

Le marquis entend la laisser politiquer tout à son aise, entre le vicomte et le curé... Tu

sais, le curé qui veut qu'on le mange ! —
Nous partons pour le lac de Côme.

Une avalanche de baisers, chérie, pour
mons Robert et pour toi. Et M. Leblanc ? Je
ne sais vraiment pas comment nous pourrons
jamais reconnaître... Tiens, c'est plus simple, laisse-moi lui sauter au cou.

Et ne sois pas jalouse ; je suis, des cinq
parties du monde légitime, la femme la plus
amoureuse !

A toi, de toute ma joie et de toute mon
âme.

                                    BERTHE.

P. S. Je te tiendrai au courant de nos faits
et gestes jusqu'à l'hiver. Rendez-vous général à Paris, en janvier.

Saint-Germain, 8 octobre.

Ursule Leblanc à Berthe de Chartrois.

Vivat ! vivat !

Le vicomte percé, ta mère vexée, la d'Hau-court chassée, et vous deux prenant la volée, voilà de quoi me transporter d'allégresse.

Si tu ne donnes pas un pendant à notre Robert d'aujourd'hui en moins d'une année, tu peux faire une croix sur mon amitié, toi, tu sais ; je te renie. Foi d'Ursule Leblanc !

A cet hiver, ma Berthe, à cet hiver, mon pauvre chou bien-aimé. Ce que nous allons tailler de bavettes ! Ce que nous allons *papotter* ensemble, au coin de nos feux respectifs !...

17

Pourvu que ta mère ne me prenne pas en grippe !... Bah ! je la ferai rire, je lui remplacerai madame d'Haucourt. Et puis, vous êtes *chez vous*, à Paris. Et d'ailleurs j'ai le marquis pour moi !

Tu ne sais pas quel est mon rêve ? Tu vas m'envoyer promener... N'importe, je me risque.

Est-ce que ton mari va réellement continuer à s'encroûter au milieu de ce tas d'Iroquois, aussi neufs qu'une coiffure à l'oiseau royal ?... Voyons, c'est un Français, ton mari, et de la plus belle eau ! — Le gouvernement de la France est celui de tous les Français. On peut être marquis et servir fort bien son pays ! — La diplomatie est là, qui vous tend les bras... Ne lui résistez pas, mes amis... Je sais bien qu'elle t'éloignera de moi, mais vois-tu, la gloire du pays avant tout !

Des gens comme vous ne boudent pas, ils agissent. Le marquis a trop de cœur, de bon sens, d'honneur, de patriotisme, pour agir *contre* la France ?...

De ceci, d'ailleurs, je fais mon affaire.

Allons, la plus belle de toutes les chéries, venez ici que l'on vous embrasse en esprit, de toutes ses forces et de tout son cœur, en attendant qu'on vous fasse sonner les joues.

Pierre serre la main de ton mari, et te fait mille amitiés. Mon fils *t'embrasse* à pincettes.

Ta vieille amie.

URSULE LEBLANC.

Le Pierreux, 15 octobre.

Berthe de Chartrois à Ursule Leblanc.

Nous ne partons plus !

C'est ainsi que la femme propose et que trop souvent Dieu dispose.

Tout était prêt, notre itinéraire tracé, lorsqu'une grande clameur a traversé le pays d'un bout à l'autre : « On applique les décrets ! — Les Pères Oblats de T..., les Barnabites de la vallée du Mol, les Capucins de V..., les Carmélites de M..., vont être expulsés ! » — Tous, toutes, y passent. Les hommes de Dieu, et les filles de sainte Thérèse. — Tous, toutes, te dis-je !!

L'esprit se refuse à accepter de telles horreurs, à envisager de si épouvantables sacrilèges.

Malgré son empire sur lui, mon mari est devenu blanc comme un linge à l'audition de cette nouvelle.

Sur ma pauvre mère, l'effet produit est terrible; nous l'avons trouvée ce matin à moitié pâmée au fond de sa grande bergère, gisante au milieu de toutes les protestations imprimées. Et il faut avouer que les articles de l'*Univers*, ceux de la *Gazette*, voire les imprécations du *Gaulois*, ne sont pas faits pour la calmer. — Je me suis hâtée de les lui enlever, et de couvrir son front de compresses.

Ah! ma chère Ursule, où allons-nous? Que voulez-vous? Qui êtes-vous?... Prétendez-vous tenir tête à toute la France!... Insensés que vous êtes, vous allez la trouver

17.

debout, résolue, prête à venger son Dieu attaqué.

Tiens : M. d'Ossault, dont la blessure est à peine fermée, se fait transporter chez les Oblats ; maman déclare qu'on la trouvera dans la chapelle des Barnabites au moment de la violation de domicile, qu'on l'arrachera de leur sanctuaire ! — Elle pense que je dois voler au secours de ma tante la supérieure des Carmélites, et m'engage à aller m'enfermer avec elle ! — Enfin, de toutes parts des courriers arrivent, vont, viennent de château à château, on se prépare ! J'apprends que mesdames d'Estourbelles brodent un étendard, nos femmes effilent déjà tout le vieux linge... Que va-t-il se passer, Seigneur ?... Ah ! j'étais trop heureuse ! Tout me revenait, tout me souriait !... Ma mère a raison, je n'ai pas assez remercié le ciel, je n'ai pas assez prié. Et la lutte va

commencer terrible, acharnée ; elle se pour-
suivra sans miséricorde, sans frein, sur toute
l'étendue de la France catholique, jusqu'à
l'entière délivrance des religieux ! — Dis-le
bien aux assaillants, toi qui vis parmi eux.

Adieu, pauvre et bien chère amie. Puisse
la vérité t'illuminer un jour, puisses-tu te sé-
parer des pires ennemis de ta foi et de ton
pays !

BERTHE DE CHARTROIS.

P. S. — Ce dont je souffre le plus, c'est
de la tiédeur de Jacques, je te le dis entre
nous. En ces terribles circonstances, il se
montre inférieur à son adversaire d'hier, à l'o-
dieux vicomte ; car il faut lui rendre justice à
celui-là, il va de l'avant ! — Si le marquis
ne bouge pas, ce sera la honte pour nous
tous. — Mais il bougera, j'en suis sûre, j'en
ai la fervente espérance. — Ah ! voir mon

époux bien-aimé se conduire en héros, et mourir après !!... En attendant, on ne peut lui arracher une parole, maman ne parvient pas à lui extraire une promesse. Il a l'air de la femme de Loth ! — Et j'ai tort de te conter tout cela, à toi, tu ne peux qu'approuver ce mutisme.

Au revoir, au revoir, Dieu protège la France !

BERTHE DE CHARTROIS

Ursule Leblanc à Berthe de Chartrois.

Ah çà, tu vas recommencer?... Et l'ère de tes comparaisons n'est pas close? — Mais en vérité, tu deviens bête! — Quoi? Qu'y a-t-il? Qu'est-ce encore?

On expulse MM. les Oblats, Barnabites, Rédemptoristes, Passionnistes, Prémontrés, Récollects, Franciscains, Dominicains, Carmes plus ou moins chaussés, etc., etc., etc.?... Leur nombre est si grand, leurs noms si divers, que je ne sais vraiment pas comment le bon Dieu s'y reconnaît! — Moi, je m'y perds.

D'abord et avant tout, beaucoup de ces religieux ne sont même pas français. Et les autres ?

Pour les Dominicains, je tombe de mon haut. Abstraction faite de mon éloignement pour la vie monastique, je les croyais hommes d'envergure. Et voilà qu'ils se comportent en moinillons éventés, faisant parler les journaux, invectivant, injuriant, se mêlant à la tourbe vile de tous les frocards en délire ! — Que gagneront-ils à ce jeu, je te le demande ?... (Cette folle agitation n'est qu'un jeu, le plus puéril, le plus bas.) La réprobation des honnêtes gens, et l'aversion de l'ouvrier ; car la masse profonde du peuple français a la *robe* en grande défiance. A tort ou à raison, l'homme du peuple, le travailleur, l'ouvrier, considère tout moine comme un fainéant. Ne lui parlez pas des ordres mendiants, vous le feriez entrer en rage ; ni des autres ordres prêcheurs, qu'il redoute comme un fléau. Et que de querelles dans les mansardes à l'époque des grands sermons !... Où la femme dit « *oui* », l'homme répond toujours irrévocablement « *non* ».

Et le paysan imite l'ouvrier. — L'époque des *missions*, dans les campagnes, est l'époque des discussions intestines, des criailleries conjugales. La *mission*, invention subtile des Jésuites, qui procède par confessions en foule, par retraites en bloc, irrite le gros bon sens de nos laboureurs qui n'y voient que temps perdu pour leurs femmes, qu'assujettissement ridicule pour ceux d'entre eux dont la faiblesse se ploie à l'*exercice* journalier.

Quoi qu'il en soit, les *missions* dans nos villages ont pour auxiliaires attrayants l'imagerie à bon marché et la bimbelotterie reluisante des bons Pères ; elles réussissent surtout auprès des adolescents et des femmes.

C'est si bon de ne rien faire une fois au moins en l'année !... Quand le reste du temps on trime par toute saison, sous le soleil et la rafale ! — Dans la buée chaude de l'église, le sommeil descend tout doucement... Les yeux papillotent un peu, puis se ferment. La grosse voix du franciscain ou du carme, semblable au ronronnement monotone d'un chat, caresse les oreilles, berce les cervelles, les engourdit... Alors, les rêvasseries commencent !... Le présent rude, besogneux, s'efface. L'avenir, un avenir éclairé par des lueurs de féerie, apparaît sous des formes d'apothéose... et c'est le paradis ! — Sous des aspects enflammés, rougeâtres, tels que l'orifice d'un four... et c'est l'enfer !! — La robuste fille des champs passe tour à tour des bras d'un diable brûlant agrémenté de pieds fourchus, dans ceux d'un bel archange

blond, beau et frais comme l'aurore, mysté-
rieux hermaphrodite de la patrie céleste,
qui l'emporte sous ses grandes ailes blanches et gagne les cieux avec elle, en laissant
traîner sur les nuages les plis flottants de son
manteau d'azur !...

Et pendant ce temps-là, la chaufferette
fait son office. Sa grosse chaleur douce
monte en lourdes bouffées sous les jupes de
droguet ou de futaine de la paysanne, s'y
propage, s'y maintient.... De sorte que
c'est un véritable arrachement pour l'endor-
mie, une véritable souffrance, que l'éclat de
la voix du chantre détonnant sur le dernier
amen, du prédicateur, mettant fin, par un
coup de gosier, à l'assoupissement général.

On rentre à la maison après cela.

Les petits braillent devant l'âtre vide ; un
froid mortel saisit la mal éveillée, lui coule
dans le dos comme une glace. La maison,

18

familière encore le matin, lui semble nue,
sordide, atroce !... L'homme y crie des injures aux moutards, en trébuchant, car il est
ivre, c'est sa manière de protester ; il cogne
à bras raccourcis sur tout être à sa portée.

La réaction est brutale ?... Qu'importe !
elle est juste, tout est là.

Que veut-on ? — On lui vole sa femme à
cet homme, il se défend à sa façon ; selon sa
nature et ses moyens. — Ce qui est à lui
n'est pas à d'autres.

De quel droit, je vous prie, un religieux,
c'est-à-dire un être spécial, habillé de bure,
mais bâti comme lui, détournerait-il pendant
de longues heures, de ses devoirs conjugaux,
filials ou maternels, de ses tâches quoti-
diennes, l'honnête créature qui est la femme,
la fille, la mère ?...

Non, non. — Le curé, passe encore. Le
curé est parfois un bon gars, un voisin, un

brave homme qui cause avec ses ouailles, bien souvent plutôt qu'il ne prêche, que sa soutane gêne un peu, il est vrai, pour se mêler à la vie courante, mais qu'on coudoie ici et là, dont on aperçoit aisément le fond, qui n'est pas trouble enfin, comme ces âmes de moines à surface lisse et glissante, dures, froides, lourdes, pareilles à des quartiers de glace brute, que le jour frappe sans les pénétrer, où la curiosité s'aventure en vain, gardées qu'elles sont par le mystère du confessionnal, par le silence profond du cloître.

N'essaye donc pas de m'attendrir. Une conscience chrétienne ne saurait s'émouvoir de ce que la parole du Christ : « Rendez à César (c'est-à-dire l'État), ce qui est à César, et à Dieu, ce qui est à Dieu ! » soit appliquée aux congrégations non autorisées par le gouvernement de la République.

Le précepte de Jésus est formel ; Escobard lui-même ne le tournerait pas.

De deux choses l'une : ou ces moines sont citoyens français, comme ils le prétendent, ou ils ne le sont pas.

Dans le premier cas, que peuvent-ils objecter, je te prie, au droit légal du pays ? — Rien. — Alors, qu'ils le respectent ce droit, qu'ils s'y soumettent, tout comme les autres citoyens.

Dans le second, que font ces étrangers sur notre terre de France, sinon une besogne coupable et funeste ?... — Dès lors, leur expulsion s'impose à nos gouvernants comme un devoir !

Quel pays enfin, quel peuple, jaloux de son autonomie, soigneux du respect de ses lois, permettra jamais à une réunion d'hommes formée en société sur son sol, d'y vivre en dehors des institutions établies, au-dessus des lois, sous l'empire d'un chef étranger?...

J'ai dit, ma bonne. Et j'affirme que, pour cette fois encore, ton mari a plus de bon sens que vous tous. — Honneur à lui si votre ridicule agitation l'indigne. Qu'il reste bon français, le marquis; ce titre-là vaut tous les vôtres!

A toi,

URSULE LEBLANC.

18

Le Pierreux, 23 octobre.

Berthe de Chartrois à Ursule Leblanc.

Ta réponse est ce qu'elle doit être, étant donné le milieu empoisonné où tu vis.

Sache que la résistance est partout ici organisée sur un pied formidable, que la généralité de son élan me surprend, et que, de mécontents que nous étions hier, nous nous dressons irréconciliables.

Ah ! certes, ce fut une grande injustice que celle qui ferma les maisons des révérends Pères Jésuites, ces hommes si éminents, qui dispersa leur tendre troupeau ! — Mais elle donnait lieu de penser (on l'espérait autour de moi) qu'on épargnerait les autres ordres, ceux que ne désignent point l'étiquette maudite.

Et voilà qu'on porte la main sur la robe illustre des Lacordaire, des Lamennais ! !

Ce ne sera pas ; la Vendée se lève, les cercueils s'ouvrent, et les géants ressuscitent dans le Bocage !... L'Ouest est en marche, gare aux bourreaux et à leurs aides !... En avant pour les Pères et pour la religion !!

Vive Dieu, quelle lourde bêtise est celle de tes gouvernants.

Vois-tu leur ânerie, la vois-tu, dis ?... la vois-tu ?... — Elle est patente, elle crève les yeux ! — Les maladroits, qui attaquent la France catholique, sans se souvenir que notre roi est le fils aîné de l'Église catholique, apostolique et romaine !... et que, logiquement, tout défenseur du catholicisme devient par cela seul défenseur du roi !

Que répondras-tu à cela ?... Te voilà prise, ma toute belle.

Au revoir après la victoire, au revoir jusqu'au drapeau blanc !

Ta féale amie.

BERTHE DE CHARTROIS.

P. S. — A propos, apprends-moi vite si ce qu'on dit est vrai, et si ton ignoble Marianne expulse aussi les femmes ? — Les Carmélites de M... tombent-elles sous le coup de l'expulsion immédiate ?

Je dois aviser à la sûreté de ma pauvre tante qui nous écrit qu'elle ne survivra pas à la violation de sa clôture !...

D'ailleurs, maman est résolue à lui abandonner le Pierreux ; elle y viendra vivre avec ses saintes filles.

Paris, 25 octobre.

Ursule Leblanc à Berthe de Chartrois.

Rassure ta tante, ma divine, on ne songe
point à elle en ce moment ; ta tante, qui ne
survivra pas à la violation de sa clôture...
mais à qui ta mère, en cas d'expulsion immédiate, abandonnera cependant le Pierreux,
pour que la sainte dame y *vive* en paix avec
ses filles ?...

Comme tout cela est clair, mon amie,
d'une explication simple, aisée !

Si tu savais comme nous nous en tenons les
côtes, *mon ignoble Marianne* et moi, comme

nous pouffons de rire à ton nez, sans respect pour ta *féale* amitié !

Ah ! çà, et ton mari ?

J'y reviens, bien que tu ne m'en parles plus du tout, peut-être à cause de cela. Nous autres républicains, sommes bêtes si astucieuses !

Bougera-t-il, ou ne bougera-t-il pas ?

Que je te serais obligée de me le dire ! Moi, vois-tu, je crois qu'il ne bougera pas. Et que sa bonne petite corneille de femme restera toute fine-seule à abattre des noix dans les sentiers du grand roy.

Écoute, tu es bien drôle :

Tu te figures comme cela qu'il n'y a que des satisfaits au couvent ?

Ah ! si l'avis d'une modeste républicaine telle que moi pouvait être entendu, comme on opposerait à votre fameux *Livre d'or* (qui ne sert à rien d'ailleurs, paraît-il), le livre d'airain de la libre-pensée du cloître !

Que de malheureux et que de malheureuses, jetés par l'erreur de leurs premiers instincts dans ces prisons sans issue qu'on nomme monastères, en sortiraient rapidement si la crainte de tomber sous le coup du préjugé imbécile ne les rivait sur place !

Pour moi, je ne sache pas de tâche plus belle que celle qui consisterait à encourager ce désir si légitime de liberté et de grand air chez de pauvres grands enfants ignorants du notre vie sociale, qu'une autorité oppressive courbe sous le joug le plus inique et le plus faux, qu'ou éloigne du monde, de tout ce qui constitue la famille, par des descriptions aussi ridiculement effrayantes qu'elles sont mensongères.

Est-il enfin un abaissement plus complet de la dignité humaine que l'abjection volontaire où se plongent nombre de nos religieux et de nos Religieuses ?

A ne prendre que les Carmélites pour exemple, quel nom donner à l'exercice quotidien par lequel ces malheureuses, accroupies à terre sur leurs talons nus, dans l'enceinte sombre du chœur, livrent à l'avide et maladive curiosité des Sœurs l'impur aveu des péchés du jour et de la nuit !...

La supérieure est là, comme un bourreau, qui stigmatise et qui flétrit ce qu'en termes de couvent on nomme les fautes *contre la chair ;* la crudité des remontrances égale le cynisme voulu de l'aveu... C'est abominable, te dis-je, abominable et repoussant !

Et c'est pour retenir à tout jamais dans leur abîme d'opprobres et de misères ces malheureuses victimes d'une étrange folie, que vous vous préparez en guerre?

Votre effort est-il assez contraire à la doctrine de celui que vous prétendez servir !

Allons, bas les masques, Mesdames et Messieurs, avouez qu'au christianisme de Jésus, vous substituez tout bonnement le papisme!!

Ce sera franc, du moins.

Quoi qu'il en soit, bonsoir. Il est minuit tout à l'heure, et les yeux me piquent de sommeil.

Bien à toi.

URSULE LEBLANC.

Berthe de Chartrois à Ursule Leblanc.

Mon mari ne bouge pas.

Tu l'as fort bien deviné ; j'ai quelque mérite à te l'avouer, cela me coûte horriblement.

Nous sommes, ma mère et moi, à bout
d'arguments et de supplications. Pour ma
part, je suis brisée. Tu sais si j'aime Jacques ?
Eh bien, sa ténacité égale ma tendresse !

Il refuse obstinément de se joindre aux
mieux pensants de ce pays : MM. de Mesles,
de Forglie, d'Estourbelles, plusieurs magistrats dont les démissions sont envoyées, mon

oncle le baron de Trancy, le sollicitent en vain depuis huit jours.

De guerre lasse, ces messieurs sont partis hier pour les couvents du voisinage : qui chez les Capucins, qui chez les Barnabites... Ils s'enferment avec les religieux, et comptent les aider à se défendre. Tous attendront résolument, derrière les portes de clôture, l'instant suprême de l'assaut qui ne peut tarder.

Il n'y a pas à se le dissimuler, l'abstention de M. de Chartrois en ces circonstances définitives ne peut tourner qu'à sa confusion. Je le lui représente avec larmes, mais il me répond obstinément à tout coup ces paroles, toujours les mêmes, sur un ton de calme imperturbable :

« — Jamais, dit-il, vous ne m'entraîne« rez à fausser le jugement de nos paysans !...
« Les exciter à se rebeller contre la loi est

« un jeu dangereux, auquel je ne me prête-
« rai certes pas. D'ailleurs, le paysan restera
« paisible, il n'est pas l'ami des religieux. En-
« fin, amenez-le aujourd'hui à se soulever
« contre l'action des gouvernants, qui vous
« déplaît, demain, vous aurez une jacque-
« rie... Et elle éclatera contre vous ! »

Il ne sort pas de là.

Ah ! je prévois des choses terribles. — Les
horreurs du combat, d'abord ; les blessés
qu'on apportera au château, et que Jacques re-
gardera saigner, les bras croisés !... Ma mère,
qui va me mettre en demeure de quitter un
homme révolté contre tous nos principes. —
(Jacques, obsédé, parle déjà de partir, de reprendre notre projet du lac de Côme...) —
Et je sais que maman me maudira si je le
suis ! Quitter la France en un pareil moment,
pour des gens comme nous, est impossible ;
ce serait une félonie, une lâcheté !

On m'apprend à l'instant que toutes les communautés sont pourvues de molosses dressés à la plus furieuse attaque. Je t'en avertis au plus vite, peut-être ne le savez-vous pas ?

Malheur à ceux qui porteront la main sur les saintes clôtures. Comme l'impure Jésabel, ils seront dévorés par les chiens !

N'est-ce pas à faire frémir ? N'est-ce pas épouvantable, mon amie ?... Et c'est forcé. L'attaque appelle la défense !

Enfin, puisque les autres, nos égaux, acceptent cette résistance à tout prix, pourquoi Jacques ne l'accepte-t-il pas ? — A la désapprouver, il décheoit ! ! ·

Ta malheureuse BERTHE.

Paris, 1er novembre 1880.

Ursule Leblanc à Berthe de Chartrois.

Écoute, insensée, et tâche après d'avoir
un éclair de raison.

C'était hier matin ; une rumeur m'éveille,
je saute à la fenêtre en peignoir. Il faisait
petit jour, et froid à geler sur place ; dans la
rue, des ombres grises couraient en soule-
vant une fine poussière de givre autour
d'elles...

Je réveillai Pierre, nous nous enveloppâ-
mes jusqu'au menton, puis nous revînmes nous
accouder à ma fenêtre.

Avec le jour grandissant, le nombre des

passants s'augmenta ; un drôle de monde, composé d'ouvriers détournés de leur chemin, de cuisinières en rupture de marché, et de gamins réfractaires, pour ce matin-là, à l'achat du pain et du lait.

T'ai-je dit que nous habitons à l'extrême coin du boulevard Haussmann, à l'endroit même où ce boulevard perd son nom, pour prendre celui d'avenue Friedland ?

Des fenêtres de ma chambre à coucher, l'œil, face à l'avenue, embrasse à la fois un long bout de la rue de Monceau sur lequel il plane, et les deux entrées du faubourg Saint-Honoré, l'une descendant vers Saint-Philippe, l'autre montant à Beaujon.

Dans la rue de Monceau, rien que des passants pressant le pas, et se dirigeant du côté du faubourg. Au loin, sur la large chaussée de l'avenue, quelques curieux arrêtés et des sergents de ville espacés ; aux deux

entrées du faubourg, des groupes se for-
ment : ici, paisiblement, placidement, devant le bureau des tramways ; là, avec un
grouillement impatient, plein de curiosité et
d'attente, le long des boutiques encore fermées du fleuriste Abot et du pharmacien
Martin. On siffle, on ricane, on s'appelle
d'un trottoir à l'autre... Tout à coup, une
clameur éclate, grossit, roule jusqu'à nous
comme l'écho prolongé de la foudre... la
masse grouillante ondule, se précipite dans
le faubourg du côté de Beaujon, en ferme
l'entrée, rejointe qu'elle est par les curieux
de l'avenue et le groupe placide du bureau,
qui commence d'ailleurs à s'échauffer. — Un
tramway passe, glisse rapidement sans arrêt,
on croit qu'il écrasera la petite foule... point !
La foule se partage et, — le tramway éloigné, — reprend son poste d'attente.

Le bruit ne cesse pas ; il redouble au

contraire d'intensité. Et soudain, des profondeurs mouvantes de la masse humaine,
un cri cent fois répété, un cri : « Vive la
République ! » part, ébranle l'air, monte au
ciel comme la revendication suprême du
droit contre l'émeute, et semble balayer en
une fois toutes les vapeurs de la nuit.

L'émeute descend en désordre des hauteurs
du faubourg, apparaît, dans l'éclat tout blanc
du matin, personnifiée par un grand moine,
un dominicain tête nue, que veulent paraître
soutenir sous les bras des hommes en habits
civils, des hommes, têtes de file de la réaction et du fanatisme hurleurs !... Mais le bon
Père n'a pas besoin d'appui ; sans cesse,
il échappe à ses prétendus soutiens par une
violence de gestes bien peu chrétienne. Des
mots heurtés s'échappent de ses lèvres pâles,
tremblantes de la plus humaine colère ;
son regard hardi provoque la foule. Mais la

foule est bonne personne, et s'égaye trop
pour devenir menaçante. On le gouaille, on
goguenarde à l'entour ; tandis que deux ou
trois commères vêtues de noir, galopant
en *coureurs* sur les flancs de la masse popu-
laire, murmurent sourdement : « A bas les
décrets ! vivent les Pères ! » — Voilà pour
la première expulsion.

C'est au second moine, seulement, que
les *messieurs à cannes* font leur apparition
péniblement grotesque.

Ces gardes du corps d'un nouveau genre
n'ont qu'un dessein bien arrêté, on le voit :
provoquer les passants, la foule gouailleuse,
à quelque acte répressible, à quelque bruta-
lité justiciable des tribunaux. Fort heureusement ces messieurs-là, pour fins diplomates
qu'on les dise, n'en sont pas moins bien ignorants de l'esprit malicieux du peuple de Paris ;
il suffit que ce peuple pénètre le *truc* pour qu'il

s'en gare. Et puis, ce peuple a l'instinctif amour du *grand*. Il le combat parfois ce grand, lorsqu'il est *crime*... et verse alors son sang pour le vaincre. — Mais le *petit*, le *mesquin*, le *drôle!*... Ah! comme l'ouvrier parisien le méprise et le raille, comme il l'enterre sous les huées !

Cela dura près de deux heures.

De dix minutes en dix minutes, des flancs de la multitude houleuse, tour à tour ouverts et refermés, un moine sortit, flanqué de messieurs à gourdins. — Pierre quitta la fenêtre au second, le cœur dégoûté et soulevé. Moi, je restai ; parce que je suis femme et que, réellement, c'était un spectacle.

A la fin, une longue poussée fit onduler la foule jusque sous mes fenêtres... Elle s'ouvrit, et je pus voir un grand jeune homme beau comme une figure antique, vêtu de la robe blanche, sa tonsure au vent, l'œil fixe,

hagard, qui dépassait la multitude de toute
la tête, et que traînaient littéralement deux
gros laïques très émus. J'entendis nommer
l'un des deux par un gamin ; c'est un homme
haut titré, un homme politique, qui siège à
droite sur les bancs du Sénat.

Jamais je n'oublierai l'expression de visage
du jeune Père ! — Il avait honte, ce beau
garçon taillé en athlète, d'être ainsi mené
par les rues comme un mouton qu'on va ven-
dre. A son œil fixe, à sa tête raidie, à sa démarche hésitante, on devinait la révolte de
son âme ; ses deux mains crispées aux bras
de ses deux acolytes ont dû sûrement leur
meurtrir la chair !... Bah ! ces messieurs
étaient heureux ; ils donnaient la comédie au
trottoir, fort peu soucieux d'ailleurs des
pudeurs et des dignités de ce moine. Le
tout était affaire de parti pour eux, bravade
purement politique.

Et moi, en regardant ébahie passer sous mes fenêtres l'étrange mascarade (prétendue *sacro-sainte* par ses burlesques organisateurs), en la voyant précédée de ces grands jeunes gens à gourdins pleins de cachet dans leur allure, et marchant solennellement comme des porteurs de bannière, je m'écriai en me voilant la face : « Oh ! Jésus, Jésus, ta croix, remplacée par le bâton ! ! »

Deux des derniers expulsés eurent la décence de s'éloigner en voiture ; à leur sortie du couvent, ils gagnèrent l'avenue par une rue adjacente, et, du moins, ne se mêlèrent point à la descente carnavalesque des autres.

L'un d'eux, m'a-t-on raconté, se méprenant à la curiosité des gamins accrochés aux portières de son fiacre, a baissé la vitre et donné sa bénédiction dans le vide...

Je demande à connaître, ma chère Berthe,

20

le nom de ce Père ; sa crédulité est robuste, et vaut au moins qu'on la retienne.

Comment, ses frères et lui aident à travestir effrontément la pensée du Christ, en excitant les hommes au combat, à la lutte contre le droit légal de l'État... Ils parodient l'admirable parole du Maître : « Aimez-vous les uns les autres ! » et lui substituent ce cri de guerre : « *Battez-vous les uns les autres !* »... Et ils nous demanderaient, après cela, de nous courber sous l'imposition de leurs mains coupables ?...

Allons donc !

Mais nous ne serions même plus les enfants d'une France raisonnable, sinon chrétienne, si nous nous prêtions à ce jeu !

Quand le Dieu qu'ils affirment servir est humilité, miséricorde, patience, de quel front ces hommes soutiendraient-ils un examen sérieux de leur conduite ?

— On nous poussa ! diront-ils ?

— Vous êtes faits pour être conduits alors ?... vous, qui prétendez mener le monde ! — leur répondra-t-on.

Écoute, je n'ai pas l'ambition de pénétrer, moi femme, au fin fond de nos querelles publiques, d'en prédire le résultat absolu ; j'ai le sentiment, l'intuition du vrai et du bon.

Eh bien, lorsque pendant de longs mois j'ai vu répandre tant de fiel, tant de fange, sur les membres du gouvernement établi, reconnu par la France ; lorsque, d'un côté, l'amour de la chose publique fut poussé par les uns jusqu'au dédain le plus complet des injures, et que de l'autre, durant tout l'été, ce ne furent que grossièretés viles, provocations infâmes, calomnies abjectes, menaces fratricides, je me suis dit à part moi, bien avant d'avoir pu considérer de mes fenêtres la triste et honteuse cohue de toutes ces tonsures au vent : « Allons, allons, tout est bien fini pour ces hommes !! »

Oui, je crois que le châtiment de l'*émeute en arrière* sera de s'être noyée dans le fiel. De son souvenir, tu le verras Berthe, il ne restera rien !

Pour la province, d'ailleurs, les expulsions sont une délivrance. On cite telle ville où l'on n'osait plus tester ni se marier sans la permission des bons Pères; telle autre, où les donations aux couvents dépouillaient systématiquement les familles. Plaise à messieurs les évêques de laisser penser leurs curés! et je crois que ceux-ci se consoleront vite.

Le clergé de France se méconnaît lui-même, quand il fait cause commune avec les religieux; il manque à ses traditions : à preuve que la dévote intolérante et fanatique a senti le besoin de substituer au prêtre de

sa paroisse, le *Père!..* le directeur spiri-
tuel !

Ces femmes ont fait le mal chez nous ; ce sont
elles les grandes coupables. En abandon-
nant le christianisme pur, pour le catholicisme intrigant et mystique, elles portèrent
un coup terrible à la famille chrétienne, cette
grande idée de fraternité et d'amour préco-
nisée par le Christ.

On a souillé la face du *Maître*, en dénaturant
sa doctrine !

Avant tout, Jésus est « Amour, Fraternité,
Égalité ». Et le discours sur la montagne est
l'éternel document de sa foi.

Quel est le précepte de son Évangile, quel
est l'événement de sa vie, qui commandent
ou symbolisent la vie monastique ?

A Cana, Jésus présidait aux noces ; à
Naïm, il rendit son fils à la veuve ; à Bétha-
nie, il aimait à passer des jours entiers dans

20.

la famille de Lazare ; et, s'il a dit que Marie prit souvent la meilleure place à ses pieds, il n'a point flétri pour cela les soins domestiques de Marthe. — D'ailleurs, ordonna-t-il jamais à cette même Marie, sœur de Lazare et de Marthe, d'abandonner les siens pour s'enfuir au désert ? — N'a-t-il pas pris la figure sacrée du père de famille pour sujet d'une de ses plus belles paraboles ?...

Enfin, s'il ressuscitait les morts, il ne les enterrait pas vivants !

Celui qui ne demandait à Madeleine que d'écouter et de retenir sa parole, qui livra miséricordieusement ses pieds nus à la chevelure parfumée de la belle pécheresse, celui-là n'est pas le Christ tortueux et sombre, le maître lugubre des monastères d'hommes !... ni le Christ jaloux, l'époux brûlant et décevant de la cellule des nonnes !!

Que d'autres plus autorisés que moi discutent les points miraculeux de son apostolat, ce Christ-là n'en reste pas moins le Christ ami de l'humble et de l'enfant, le Christ frère du pauvre !... — Et pour ceux qui le veulent et le croient Dieu, le Dieu d'amour par excellence, le Dieu de pardon, le Dieu d'humilité et de paix.

« *Pardonnez-nous nos offenses comme nous pardonnons à ceux qui nous ont offensés !...* »

Et dire que vous, mères soi-disant chrétiennes, mères françaises, vous entrez en révolte contre l'enseignement de l'État pour vos fils ?... Vous n'avez qu'un désir : plonger leur intelligence et leur cœur dans les ténèbres des nuits anciennes, les élever eux, futurs hommes du monde, futurs pères de famille, futurs citoyens, à l'ombre des cloîtres ennemis par principe de tout souci familial ou mondain ; pour en faire, à la fin, quelques monstrueuses chimères masculines n'ayant

de l'homme que des traits tordus, et recé-
lant sous leurs membranes flasques un tas
de pestilences et de maux !

Mais à quoi bon tant me répandre ; tes
oreilles sont bouchées, tes yeux fermés.

Tâche seulement de rester bonne épouse
et de suivre ton mari, où qu'il aille ! — Les
Clara d'Haucourt ne manquent pas en Europe ;
tu sais ce qu'il en coûte à les pratiquer.

                              Ton amie.

                         URSULE LEBLANC.

Berthe de Chartrois à Ursule Leblanc.

Ce qui se passe ici est infernal. — A qui
la faute?... Ah! c'est vraiment bien le moment de se le demander!

Ils sont venus, tes sicaires, ils ont osé
forcer les portes et les clôtures... Nous les
avons vus, ma mère et moi. — C'est horri-
ble!... un ouvrier a passé devant nous dans
la chapelle, la blouse ouverte, une large
tache rouge sous le cou; son sang coulait...
On dit que c'est un pavé lancé par le jeune
de N... qui lui a déchiré la poitrine, tandis
qu'il cherchait à forcer la porte vitrée du

premier cloître, chez les Capucins.—Le doigt
de Dieu, ma chère !... le vois-tu ?

Mon oncle a le poignet foulé ; M. de
Mesles, tête nue, les cheveux épars, s'est
colleté dix minutes avec un gendarme. Finalement, il a arraché son écharpe au com-
missaire, et n'est rentré chez lui, l'expulsion
faite, qu'en lambeaux !... — Et maman ? —
Maman est arrêtée !! — Elle a injurié M. de
B..., notre préfet.

Ma mère, ma mère en prison ! — N'est-ce
pas épouvantable, monstrueux ?... Je sais bien
que Jacques ira la réclamer tout à l'heure ;
mais c'est égal, à son âge !... On dit les
cachots si humides !

Et puis, à peine délivrée, il va me falloir
la quitter... Jacques n'entend pas raillerie sur
ce chapitre ; il m'*ordonne* définitivement de
le suivre en Italie. Nous partirons à l'insu de
maman, sitôt après sa sortie de prison...

comme deux amoureux poursuivis !... — Mon mari m'enlève. — C'est un roman, ma chère, tout bonnement. Et malgré l'horreur de ce qui se passe, je ne puis m'empêcher de sourire à la pensée du bon tour que nous allons jouer.

Pauvre chère maman ! Aussi, elle n'est pas juste : admettons que Jacques ait eu tort de ne pas se mêler à la manifestation; ce n'est pas couardise de sa part, ma mère le sait.... Et, après tout, la chose ne vaut pas le divorce ! !

Adieu, chérie, je t'embrasse comme je t'aime. Nos amitiés à M. Leblanc; une grosse caresse à Robert.

Ta Berthe de Chartrois.

Ursule Leblanc à Berthe de Chartrois.

Certes, je vous eusse préféré passant tous deux bravement à l'ennemi. — Cet ennemi, en somme, a nom : « la France!.. » quoi qu'en aient MM. de N..., de Mesles et de Trancy. — De jolis romains ceux-là, par exemple! — Et, pour des députés faiseurs de lois, je trouve les deux derniers bien hardis. — A merveille, mes gentilshommes, vos électeurs s'en souviendront!

Mais, à la guerre comme à la guerre. La vôtre étant un comble, on doit vous savoir gré de vous y dérober.

Bon voyage, mes chers tourtereaux ! — Et cette fois, je l'espère, pour tout de bon.

Mon mari vous envoie ses vœux. — Robert te *rembrasse* à pincettes.

Ta vieille et très dévouée amie,

URSULE LEBLANC

FIN

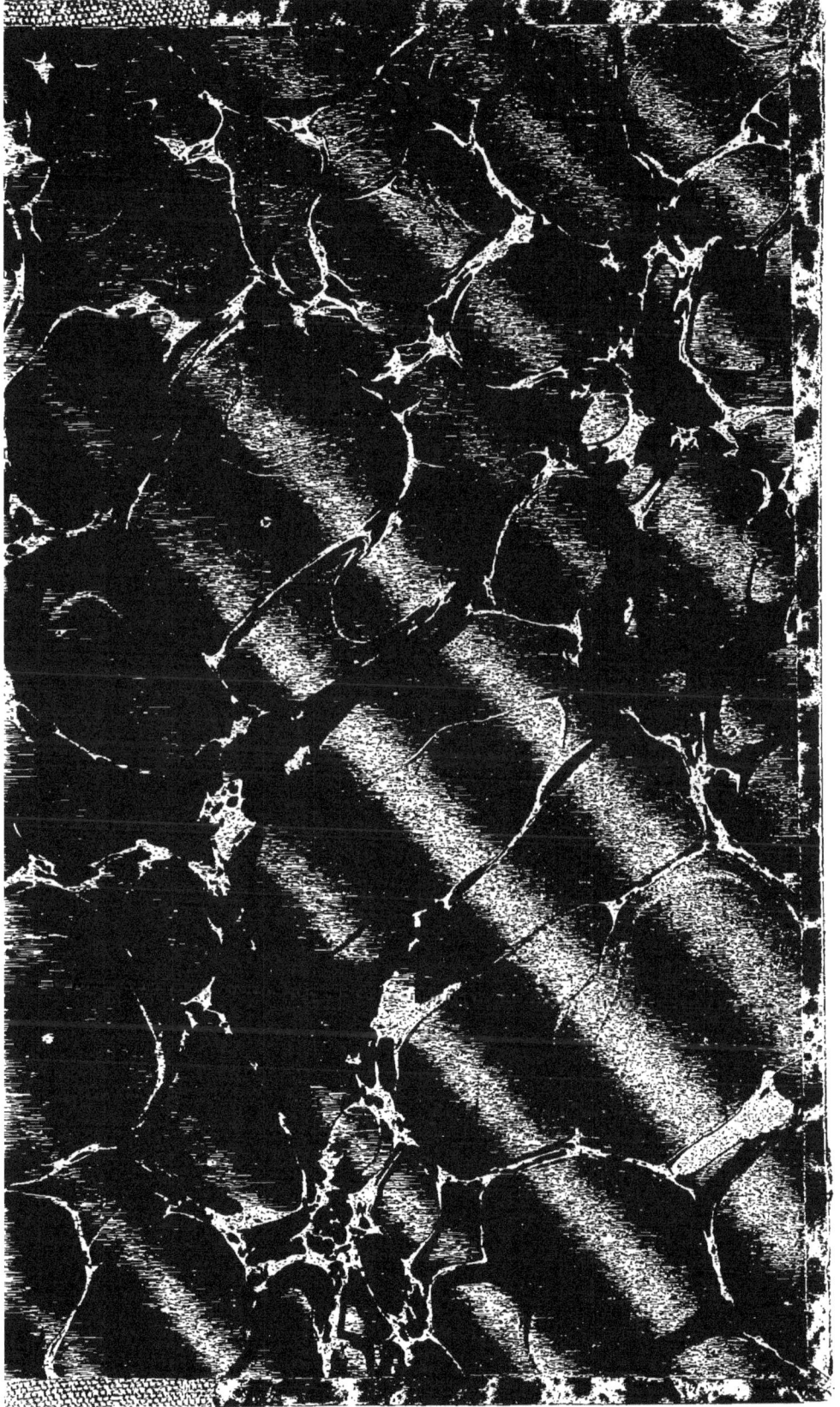

www.ingramcontent.com/pod-product-compliance
Lightning Source LLC
Chambersburg PA
CBHW070510030726

47503CB00004B/1223